1부

스위트니스

내 잘못이 아니야. 그러니 나를 탓할 수는 없어. 내가 한 짓이 아니고 어쩌다 그렇게 됐는지도 모르겠어. 딸아이를 내 다리 사이에서 끌어내고 나서 한 시간도 지나지 않아 뭔가 잘못되었다는 걸 깨달았어. 크게 잘못 되었다는 걸. 애가 너무 시커메서 무서웠어. 한밤중 같은 검은색, 수단 사람의 검은색. 나는 피부색이 연한 편이고, 머리카락도 좋아.* 우리가 높은 노란색**이라고 부르는 피부색이고, 룰라 앤의 아버지도 마찬가지야. 내 가족 누구도 그런 색깔 근처에도 가지 않아. 타르가 내가 생각할 수 있

---

* 일반적인 아프리카계 미국인의 곱슬곱슬하고 뻣뻣한 머리카락과 다르면 좋다고 말한다.
** 흔히 피부가 밝은 색일수록 높은 계급에 속한다고 본다.

는 가장 가까운 색인데 애 머리카락은 또 피부와는 어울리지를 않아. 달라—저기 오스트레일리아의 벌거벗고 사는 부족들 머리처럼 길게 뻗었으면서도 구불구불해. 격세유전이라고 생각할지도 모르지만, 도대체 누구의 격세유전이란 말이야? 우리 할머니를 봤어야 해. 할머니는 백인으로 통했고, 그러자 자기 자녀들 누구와도 두 번 다시 말을 안 했어. 어머니나 이모들에게서 편지라도 받으면 바로 돌려보냈어, 열어보지도 않고. 마침내 어머니와 이모들은 아무 말도 안 하겠다는 게 무슨 말인지 알아듣고 할머니를 그냥 내버려두었지. 반 혼혈이거나 사분의 일 혼혈인 쪽들은 당시에 거의 그렇게 했어—그러니까 머리카락만 백인처럼 생겨먹었으면 말이야. 핏줄에 남모르게 니그로의 피가 흐르는 백인이 얼마나 많은지 알아? 한번 맞춰봐. 이십 퍼센트, 나는 그렇게 들었어. 우리 어머니 룰라 메이도 쉽게 백인으로 통할 수 있었지만 그러지 않는 쪽을 택했어. 어머니는 그런 결정 때문에 어떤 대가를 치렀는지 나한테 이야기해줬어. 어머니가 아버지와 결혼을 하러 군청에 갔더니 성경이 두 권 있었는데, 두 사람은 니그로용 성경에 손을 얹어야 했어. 나머지 한 권은 백인들의 손을 위한 것이었어. 성경인데! 말이 돼? 우리 어머니는 부유한 백인 부부의 집에서 가정부로 일했어. 그 사람들은 매끼 우리 어머니가 차려주는 걸 먹고 욕조에 앉아 어머니한테 등을 밀어달

라고 했어. 그것 말고도 또 무슨 내밀한 일들을 시켰을지 모르는데, 자기네 성경은 못 건드리게 하다니.

사교 클럽에서, 동네에서, 교회에서, 여학생 클럽에서, 심지어 유색인 학교에서마저 피부색에 따라―연한 색일수록 좋아―우리끼리 서로 구분하는 걸 나쁘다고 생각하는 사람들이 아마 있을 거야. 하지만 우리가 그것 말고 달리 어떻게 작은 위엄이라도 유지할 수 있겠어? 달리 어떻게 드러그스토어에서 누가 나한테 침을 뱉는 것을, 버스 정류장에서 누가 팔꿈치로 밀치는 것을, 백인이 보도 전체를 차지할 수 있도록 옆으로 비켜 도랑으로 걷는 것을, 식료품점에서 백인 손님한테는 공짜인 종이봉투에 5센트를 내는 것을 피할 수 있겠어? 온갖 욕설을 듣는 건 말할 것도 없고. 나는 이런 모든 것 말고도 훨씬, 훨씬 많은 이야기를 들었어. 하지만 어머니는 피부색 덕분에 백화점에서 모자를 써보거나 여자 화장실을 이용해도 아무도 제지하지 않았어. 아버지는 가게 뒷방이 아니라 앞쪽에서 구두를 신어볼 수 있었어. 목이 말라 죽을 지경이어도 두 분 모두 '유색인 전용' 수도에서는 절대 물을 마시지 않았어.

이런 말 하긴 싫지만, 맨 처음 분만실에서부터 아기, 룰라 앤 때문에 나는 당황했어. 태어날 때 피부색은 모든 아기가, 심지어 아프리카 아기도 다 그렇듯이 창백했지만, 빠르게 변해갔어.

아이가 바로 내 눈앞에서 검푸르게 변해가자 나는 미칠 것 같았어. 실제로 잠깐 미치기도 했다는 걸 알아. 한 번―겨우 몇 초였지만―아이 얼굴에 담요를 대고 눌렀거든. 하지만 그럴 수는 없었지, 애가 그렇게 끔찍한 색으로 태어난 것 때문에 아무리 속이 상했다 해도. 어디 고아원에 보내버릴까 하는 생각까지 했어. 하지만 교회 계단에 아기를 두고 오는 어머니가 되기에는 내가 겁이 많았어. 얼마 전에 독일에 사는 부부, 피부가 눈처럼 하얀 부부가, 거무스름한 피부의 아기를 낳는, 도저히 설명이 되지 않는 일을 겪었다고 들었어. 쌍둥이였던 것 같아―하나는 백인, 하나는 유색인. 하지만 그게 사실인지는 모르겠어. 내가 아는 건 내 경우에는, 애한테 젖을 물리는 게 마치 오스트레일리아의 흑인 아이한테 내 젖꼭지를 빨리는 기분이었다는 것뿐이야. 그래서 집에 가자마자 젖병을 물리기로 했어.

남편 루이스는 기차역에서 잡역부로 일하는데 집으로 돌아오자 정말 미친 여자를 보듯 나를 봤고 목성인을 보듯 아이를 봤어. 그는 욕을 하는 사람이 아니었기 때문에 그의 입에서 "염병할! 도대체 이게 뭐야?" 하는 말이 나왔을 때 나는 문제가 생겼다는 걸 알았지. 그래서 그렇게 된 거야―그래서 그 사람과 싸우게 됐지. 우리 결혼은 박살이 났어. 함께 삼 년을 잘 살았는데 애가 태어나자 그 사람은 나를 탓했고 룰라 앤을 마치 남처럼 취급

했어—아니, 그 이상이었지, 원수 취급했어.

그 사람은 애한테 손도 대려고 하지 않았어. 나는 한 번도, 단한 번도 다른 남자와 바람을 피운 적이 없다고 말했지만 소용없었어. 내가 거짓말을 하고 있다고 철석같이 믿었거든. 우리는 계속 싸웠고 그러다 결국 나는 아이가 검은 건 그의 집안 때문이라고 말해버렸어—우리 집안 때문이 아니고. 그러자 사태는 더 악화됐어. 너무 나빠져서 그 사람은 그냥 일어나 집을 나가버렸고 나는 다른 살 곳, 더 싼 곳을 찾아야 했지. 집을 구하려고 주인을 만나야 할 때는 아이를 데려가지 말아야 한다는 것 정도는 알았기 때문에 아이는 십대인 사촌에게 맡겼어. 어차피 평소에도 아무 생각 없이 아이를 데리고 나다니지 않으려고 애를 쓰고 있기도 했고. 유모차에 태워 밀고 가면 친구들이나 처음 보는 사람들이 몸을 기울여 안을 들여다보고 뭔가 좋은 말을 해주려다가 깜짝 놀라거나 뒤로 펄쩍 뛰며 얼굴을 찌푸리기 때문이었지. 그게 상처가 됐어. 나와 아이의 피부색이 반대였으면 잠시 아이를 맡은 척하고 돌아다닐 수 있었을 텐데. 유색인 여자가—아무리 높은 노란색 여자라 해도—도시의 살 만한 곳에 셋집을 얻는 건 어려운 일이었어. 룰라 앤이 태어난 90년대에는 세놓을 사람을 차별하는 걸 금하는 법이 있었지만 많은 집주인들은 아랑곳하지 않았어. 집에 들이지 않을 이유를 꾸며댔지. 하지만 리 씨를 만

난 게 내게는 행운이었어. 물론 그는 광고에 냈던 것보다 집세를 7달러나 올려 받았고, 돈이 일 분이라도 늦으면 발작을 일으키기는 했지만.

아이한테는 나를 '어머니'나 '엄마' 대신 '스위트니스'라고 부르게 했어. 그게 더 안전했으니까. 그렇게 검은데다 내가 보기에는 입술마저 너무 두툼한데 나를 '엄마'라고 부르면 사람들이 헷갈리잖아. 게다가, 눈 색깔도 야릇해. 까마귀처럼 검은데 푸르스름한 색조도 섞여 있어서, 여기에도 뭔가 마녀 같은 데가 있어.

그렇게 해서 오랫동안 우리 둘이서만 살게 되었는데, 남편한테 버림받은 여자로 사는 게 얼마나 어려운 일인지는 말할 필요가 없을 거야. 루이스는 그렇게 우리를 떠난 뒤 마음이 좀 안 좋았던 것 같아. 몇 달 지나고 나서 우리가 어디로 이사 갔는지 알아내 한 달에 한 번씩 돈을 보내기 시작했거든. 내가 부탁한 적도 없고 그 돈을 받아내려고 법정에 간 적도 없는데 말이야. 루이스한테 50달러 우편환을 받고 나도 밤에 병원에서 일을 한 덕분에 나와 룰라 앤은 복지수당에서 벗어나게 됐어. 잘된 일이었지. 그런데 그걸 복지수당이라고 부르지 말고 우리 어머니가 어렸을 때 사용하던 말로 다시 바꿔 부르면 좋겠어. 그때는 그걸 '구호금'*이라고 불렀거든. 훨씬 낫게 들리잖아. 자리를 잡기까지 단기간 숨 돌릴 여유를 주는 것일 뿐이니까. 게다가 복지수당

담당 직원들은 마치 침을 뱉는 것처럼 비열하게 군다니까. 내가
마침내 일자리를 얻어 더는 그 인간들을 볼 필요가 없었을 때 나
는 그 인간들이 벌어본 적이 없는 액수의 돈을 벌고 있었어. 그
인간들은 우리한테 비열하게 굴면 빈약한 봉급이 불어나는 느
낌인가봐. 그래서 우리를 거지처럼 대한 거야. 룰라 앤을 보다가
다시 나를 볼 때면 더 심했어―내가 뭘 속이고 있기라도 한 것처
럼 말이야. 어쨌든 형편은 나아졌지만 그래도 계속 조심해야 했
어. 애를 키우는 문제에서 아주 조심해야 했다고. 엄격해야, 아
주 엄격해야 했어. 룰라 앤은 얌전하게 구는 법을, 머리를 숙이
고 문제를 일으키지 않는 법을 배울 필요가 있었어. 아이가 이름
을 몇 번 바꾸든 그건 상관없어. 피부 색깔은 그 아이가 늘 지고
다녀야 할 십자가야. 하지만 내 잘못은 아니야. 그건 내 잘못이
아니야. 내 잘못이 아니야. 아니야.

---

* relief. 힘든 것을 덜어준다거나 안도한다는 뜻도 있다.

브라이드

무서워. 나한테 뭔가 나쁜 일이 일어나고 있어. 내가 녹아 사라지고 있는 느낌이야. 설명은 못하겠지만 언제 시작되었는지는 분명히 알아. 그가 "너 내가 원하는 여자 아니야" 하고 말한 뒤에 시작됐어.

"그래 나 아냐."

내가 왜 그런 말을 했는지 지금도 모르겠어. 그냥 입에서 튀어나왔어. 그는 내 건방진 대답을 듣더니 가증스럽다는 듯 나를 쏘아보고 청바지를 입었어. 이어 부츠와 티셔츠를 집어들었고, 문이 쾅 닫히는 소리가 들렸을 때는 순간적으로 그가 우리의 한심한 말다툼만 끝낸 것이 아니라 우리도, 우리의 관계도 끝낸 게 아닌가 하는 생각이 들었어. 그럴 리는 없다. 당장이라도 열쇠

돌아가는 소리가 들리고, 앞문이 딸깍 열렸다 닫힐 거다. 하지만 밤새 아무런 소리도 들리지 않았어. 아무런 소리도. 뭐야? 내가 충분히 자극적이지 못한 거야? 아니면 충분히 예쁘지 못한 거야? 나는 내 나름대로 생각을 하면 안 되는 거야? 그가 좋아하지 않는 짓을 하면 안 되는 거야? 아침에 잠을 깨자마자 화가 치밀었어. 그가 떠나버린 게 기뻤어. 내게 돈이 있고 사타구니가 있다고 나를 그냥 이용해먹었던 게 분명하니까. 나는 너무 화가 났었어. 만일 그때 나를 봤다면 재판정에 나가 무죄를 주장할 기회도 얻지 못하고 변호사도 없는 상태에서 그와 함께 여섯 달 동안 유치장에 갇혀 있다가 갑자기 판사에게서 모든 걸 없던 일로 하겠다고 하는, 사건을 각하하거나 더 심리하지 않기로 결정했다는 이야기를 들은 사람처럼 보였을 거야. 어쨌든 나는 훌쩍거리거나 울부짖거나 비난하지 않기로 했어. 그는 어떤 이야기를 했고 나는 거기에 동의했을 뿐이야. 씨발놈. 사실, 우리 연애가 그리 대단했던 것도 아니었어—심지어 내가 즐기곤 하던 살짝 위험한 섹스도 아니었지. 그래, 어쨌든 패션 잡지에 나오는 두 페이지짜리 화보 같지는 않았어. 알잖아, 커플들이 파도 속에 반쯤 벗고 선 채 아주 모진, 비열함을 노골적으로 드러내는 표정을 짓고 있고, 두 남녀의 성적인 면이 번개처럼 번쩍이고, 하늘은 그들의 번쩍거리는 피부를 돋보이게 하려고 어두워지고 있는 화

보. 나는 그런 광고를 사랑해. 하지만 우리 연애는 심지어 오래된 R&B 노래—열기를 자아내도록 편곡된 비트가 들어 있는 곡—에도 미치지 못했어. 심지어 30년대 블루스의 달착지근한 가사도 아니었지—"베이비, 베이비, 나한테 왜 이러시나요? 나는 하라는 대로 하고, 가라는 대로 가는데." 왜 내가 계속 우리를 잡지 화보와 음악에 비교하는지 나도 모르겠지만, 그 생각에 간질간질 자극을 받다보니 결국 〈I Wanna Dance with Somebody〉*가 나한테 딱 맞겠다는 생각이 드네.

다음날은 비가 왔어. 총알이 창을 두들기고 수정 같은 물줄기가 흘러내렸지. 유리 너머로 내가 사는 콘도 밑의 보도를 내다보고 싶었지만 유혹을 물리쳤어. 사실 밖에 뭐가 있는지 알고 있었거든—도로를 따라 늘어선 불결해 보이는 야자나무, 볼품없는 그 작은 공원의 벤치, 찾아보기 힘든 보행자, 저멀리 긴 바다한 조각. 나는 그가 돌아올 거라는 어떤 소망에도 굴복하지 않으려고 안간힘을 썼어. 그를 보고 싶은 마음이 아주 작은 물결처럼 떠오를 때면 바로 물리쳐버렸지. 정오 무렵 피노 그리조 한 병을 따서 소파에 몸을 묻었어. 스웨드와 실크 재질의 쿠션들은 어느 남자의 품 못지않게 안락했어. 똑같지야 않지만. 그가 한 명

---

* 미국의 여자 가수 휘트니 휴스턴이 부른 노래.

의 아름다운 남자라는 사실은 인정할 수밖에 없거든, 심지어 흠조차 없어. 윗입술의 아주 작은 흉터와 어깨의 흉한 흉터—꼬리가 달린 오렌지빛 불그스름한 방울—만 빼면 말이야. 그것만 아니면, 그는 머리에서 발끝까지 한 명의 멋진 남자야. 나 자신도 그리 나쁘지는 않으니, 우리가 한 쌍으로 어떻게 보였을지 상상해봐. 와인을 한두 잔 마시니 약간 알딸딸해져. 친구 브루클린에게 전화를 해서 모든 걸 다 말하기로 결심했어. 그가 말 다섯 마디로 주먹보다 세게 나를 때렸다는 걸—너 내가 원하는 여자 아니야. 그 말이 나에게 충격을 주어 나도 그 말에 동의하고 말았다는 걸. 정말 멍청했어. 하지만 이내 마음이 바뀌어 전화하지 않기로 했어. 늘 이런 식이니까. 전혀 새로울 게 없어. 그는 그냥 집을 나갔고 나는 이유를 모르는 거야. 게다가 회사에 너무 많은 일이 벌어지고 있어서 또 관계가 깨졌다는 수다로 내 가장 친한 친구이자 동료를 괴롭힐 상황은 아니었거든. 특히 지금은. 나는 지금 지역 매니저이고 그건 선장하고 비슷해서 승무원들과 관계를 제대로 유지해야 돼. 우리 회사 실비아 주식회사는 작은 화장품 업체지만, 이제, 마침내, 꽃이 피고 물결을 일으키기 시작해, 꼴사나운 과거를 탈피하고 있어. 과거 40년대에는 '안목 있는 여자들을 위한 셀프 코르셋'이라는 이름이었지만, 이름과 소유주가 바뀌어 '실비아 의류'가 되었고, 이어 실비아 주식회사로

바뀌면서 최근에 확 떠서 여섯 개 화장품 라인으로 첨단 유행을 이끌고 있는데, 그 가운데 하나가 내 담당이야. 나는 거기에 '유, 걸: 당신만의 밀레니엄을 위한 화장품'이라는 이름을 붙였어. 흑단에서 레모네이드와 우유 빛깔에 이르기까지 모든 얼굴색의, 모든 연령의 여자가 쓸 수 있는 거야. 이게 내 거, 다 내 거야— 아이디어, 브랜드, 캠페인 모두.

실크 쿠션 밑에서 발가락을 꼼지락거리다 와인잔에 립스틱으로 찍힌 미소를 보며 미소를 짓지 않을 수 없었어, "어때, 룰라 앤? 네가 커서 이렇게 매력적인 인물, 이렇게 성공한 인물이 될 줄 알기나 했어?" 하는 생각을 하면서. 어쩌면 그 룰라 앤이 그가 원하던 여자였는지도 모르지. 하지만 룰라 앤 브라이드웰은 이제 어디 가서 데려올 수도 없고, 또 결코 여자라고는 말할 수 없었어. 룰라 앤은 열여섯의 나였으니까. 고등학교를 나오자마자 그 멍청하고 촌스러운 이름을 내버렸지만. 나는 앤 브라이드로 이 년 동안 살다가 실비아 주식회사의 영업직 면접을 보면서, 육감을 좇아, 이름을 브라이드로 줄여버렸어, 기억하기 좋은 한 음절 앞뒤로 아무것도 덧붙일 필요가 없는 이름으로. 고객도 영업사원도 그 이름을 좋아했지만 그만은 무시했어. 대개 나를 "베이비"라고 불렀거든. "어이, 베이비" "왜 이래, 베이비." 그리고 가끔 "유 마이 걸"이라고 부르면서 마이에 힘을 주었지. 그가 "여

자"라는 말을 입에 올린 건 딱 한 번, 떠나던 날뿐이었어.

화이트 와인을 마실수록 떨쳐버리기가 쉬워졌어. 확실한 소득도 없는 수수께끼의 남자와 시간 낭비하는 건 이제 그만. 강력범 전과자, 분명히 그거였어, 내가 회사에 가 있는 동안 뭘 하면서 시간을 보내느냐고 계속 캐물어도 그는 웃음만 터뜨렸을 뿐이지만. 빈둥거려? 싸돌아다녀? 누굴 만나? 토요일 오후에 시내에 나가는 건 보호관찰관에게 보고하러 가거나 약물 재활 상담사와 상담하러 가는 게 아니라고 했지. 그러면서도 왜 가는지는 절대 말하지 않았어. 나는 나 자신에 관해 하나도 빼놓지 않고 이야기했는데. 반면 그는 털어놓는 게 전혀 없었기 때문에 나는 TV에 나오는 이야기를 재료로 이것저것 꾸며보았지. 새로운 신분을 얻은 제보자. 변호사 자격을 박탈당한 변호사. 또 이런저런 것. 사실 상관없었어.

사실 내 입장에서는 그가 떠난 타이밍이 완벽했어. 그가 내 삶에서 또 내 아파트에서 나가면서 나는 유, 걸의 출시에 집중할 수 있었고, 마찬가지로 중요한 것인데, 그를 만나기 오래전에 내 자신과 한 약속을 지킬 수 있었거든―사실 그가 "너 내가 원하는 여자 아니야"라는 말을 하던 밤에 우리는 그 문제로 싸우고 있었어. prisoninfo.org/paroleboard/calendar에 따르면 때가 되었거든. 나는 일 년 전부터 이 여행을 계획하면서 가석방자에게 필

요한 걸 주의깊게 골랐어. 몇 년 동안 현금으로 오천 달러를 저축했고, 콘티넨털 항공사의 삼천 달러짜리 상품권도 샀지. 또 새 루이뷔통 쇼핑백에 유, 걸의 홍보용 상자를 넣었는데, 이 모든 것이면 그 여자는 어디든 갈 수 있었어. 어쨌든 위로는 받을 수 있었지. 불운, 절망, 권태를 잊고 그 영향에서 벗어나는 데 도움을 받을 수 있었어. 아, 권태는 아닐 수도 있겠다. 감옥은 수도원이 아니니까. 그는 내가 왜 거기 가는 문제에 그렇게 단호한지 이해하지 못했고, 내 약속을 갖고 싸우다가 그날 밤 떠나버린 거야. 아마 자기한테는 하지 않는 착한 사마리아인의 행동을 하는 것을 보고 자존심에 위협을 느낀 것 같아. 이기적인 새끼. 집세는 그가 아니라 내가 냈고, 가정부 비용도 마찬가지였는데. 클럽이나 콘서트에 갈 때도 내 아름다운 재규어나 내가 빌린 차를 탔는데. 내가 그에게 아름다운 셔츠를 사주었고―한 번도 입지는 않았지만―쇼핑도 다 내가 했는데. 게다가 약속은 약속이잖아, 특히 자기 자신과 한 약속은.

이상하다는 생각을 처음 한 건 차를 몰려고 옷을 입었을 때였어. 내 음모가 완전히 사라져버린 거야. 면도기로 밀거나 왁스를 해서 사라진 게 아니라 지워버린 것처럼, 처음부터 있지도 않았던 것처럼 없어졌어. 더럭 겁이 났지. 그래서 혹시 머리카락이 빠지나 보려고 손으로 빗어보았는데, 늘 그랬던 것처럼 숱이 많

고 반들반들했어. 알레르기? 혹시 피부병? 걱정이 되었지만 걱정을 하고 피부과에 갈 계획을 짜는 것 외에 달리 뭘 할 수 있는 시간이 없었어. 시간을 맞추려면 떠나야 했거든.

다른 사람들은 이 간선도로 좌우로 뻗은 풍경을 좋아할지 모르지만, 여기에는 차선, 출구, 평행한 도로, 고가도로, 주의 신호와 표지판이 너무 많아 꼭 운전을 하면서 신문을 읽는 것 같아. 짜증이 나더라고. 황색 경보에다, 은색과 금색 경보*가 계속 튀어나오거든. 나는 계속 오른쪽 차선에 붙어 가다 속도를 늦추었어. 전에 이쪽으로 차를 몰고 나와봤기 때문에 노리스타운 출구는 놓치기가 쉽고 감옥에서는 출구 램프 넘어 1마일을 달리도록 세상에 자기가 존재한다는 표지판을 세워두지 않았다는 걸 알고 있었거든. 캘리포니아의 명소인 복원된 사막 한 구역에 나쁜 여자들을 가둔 곳이 있다는 사실을 관광객들에게 알리고 싶지 않았나봐. 노리스타운 외곽의 '데카곤 여성 교정 센터'는 사기업 소유로, 지역 주민은 거기에서 일자리가 나오기 때문에 그곳을 떠받들어. 면회자 지원 업무 종사자, 경비원, 사무직원, 식당 노동자, 보건 담당자, 그리고 무엇보다도 도로와 담장을 수리할 건설 노동자, 또 유혈이 낭자한 여성 범죄를 저지르는 폭력적이고

---

* 황색은 어린이 납치, 은색과 금색은 노인 실종을 알리는 경고.

죄 많은 여자들, 홍수처럼 점점 불어나는 그런 여자들을 수용할 건물을 계속 증축할 건설 노동자가 필요하잖아. 캘리포니아주는 운도 좋아, 범죄가 진짜로 돈벌이가 되어주니 말이야.

전에 두어 번 데카곤에 차를 몰고 갔지만 이런저런 핑계를 대고 안으로 들어가보려 하지는 않았어. 당시에는 그저 그 여자 괴물—그 여자를 그렇게 불렀어—이 최소 이십오 년에서 최장 무기에 이르는 형기 가운데 십오 년을 갇혀 지낸 곳을 보고 싶었을 뿐이었어. 이번에는 달랐지. 여자는 가석방을 얻었고, 형법 리뷰 공지에 따르면, 소피아 헉슬리는 내가 밀어넣어 들어가게 된 철창에서 자랑스럽게 걸어나오게 될 것이었으니까.

데카곤에는 기업 돈이 흘러넘치니 재규어 같은 건 별로 튀지 않을 거라고 생각할지도 모르겠어. 하지만 갓돌 옆의 버스, 낡은 도요타, 중고 트럭 뒤에서 쥐색의 미끈한, 거기에 멋진 번호판까지 붙은 내 차는 마치 총처럼 보였어. 그렇다고 전에 거기 주차되어 있는 걸 본 적 있는 하얀 리무진들처럼 불길해 보이지는 않았지—리무진의 엔진은 코를 골고 있었고, 기사들은 반짝거리는 펜더에 몸을 기대고 있었어. 말해봐, 펄쩍 뛰어나와 문을 열어주고 재빨리 달아나줄 기사가 필요한 사람이 누구일까? 어서 자신의 고급스러운 고층 매음굴의 유명 브랜드 리넨 제품들로 돌아가고 싶어 안달인 당당한 마담일까? 아니면 타락한 회원제

클럽의 화려한 파티오로 돌아가 감옥에서 보급해준 속옷을 찢으며 친구들과 함께 석방을 축하하고 싶은 마음이 간절한 십대의 어린 창녀일까? 그런 아이에게는 실비아 주식회사 제품이 어울리지 않아. 우리 제품 라인이 섹시하기는 하지만 그런 아이의 마음에 들 만큼 비싸지는 않으니까. 모든 섹스 쓰레기가 그렇듯이 이 어린 창녀도 값이 비싸면 무조건 품질도 좋을 거라고 생각할 거야. 제대로 알기나 하면. 그래도 유, 걸의 반짝이는 아이섀도우나 금색 펄이 들어간 립글로스는 살지도 모르지.

오늘은 리무진이 없네, 링컨 타운카를 리무진으로 쳐주지 않는다면. 대개는 그저 낡아빠진 도요타와 오래된 셰비이고, 말없는 어른과 신경이 곤두선 아이들뿐이야. 버스 정류장에 앉은 노인은 마지막 남은 둥글고 달착지근한 귀리 시리얼을 찾으려고 치리오 상자에 손을 넣어 뒤지고 있어. 오래된 윙팁 구두에 빳빳한 새 청바지 차림이야. 야구 모자, 하얀 셔츠 위에 입은 갈색 조끼는 '구세군' 상점 제품이라는 걸 한눈에 알 수 있지만 노인의 태도는 우월하고, 고상하고, 침착해. 그는 다리를 꼬고 앉아, 관리인들이 특별히 골라 그의 왕좌로 가져온 고급 포도라도 되는 듯이 마른 시리얼 조각을 살피고 있어.

네시. 이제 오래 걸리지 않을 거야. 헉슬리, 소피아, 일명 0071140은 면회 시간에는 석방되지 않을 거야. 정확히 네시 반

이 되자 그 타운카 한 대만 남았어. 아마도 서류, 돈, 담배가 가득 담긴 악어가죽 서류가방을 든 변호사 소유인 듯해. 담배는 의뢰인에게, 돈은 목격자들에게 주는 것이고, 서류는 일하는 것처럼 보이기 위한 거지.

"괜찮니, 룰라 앤?" 검사의 목소리는 부드럽고, 부추기는 듯했지만 나는 그 여검사의 목소리를 간신히 알아들을 수 있었어. "무서워할 것 전혀 없어. 저 여자는 너를 해치지 못해."

그래, 해치지 못해, 젠장, 지금 그 여자가 나타났어. 수번 0071140. 십오 년이 지났지만 단지 여자의 키, 적어도 180센티미터는 될 키 때문에라도 절대 못 알아볼 수가 없어. 이 거인은 조금도 줄어들지 않았어. 내 기억에 법정경위, 판사, 변호사들보다도 키가 컸고 경찰과는 거의 비슷했지. 오직 같은 괴물이었던 남편만 키가 맞먹었어. 그 여자가 더러운 별종이라는 걸 아무도 의심하지 않았어. 부모들은 분노로 몸을 떨며 그 여자를 그렇게 불렀어. "저 눈 좀 봐." 그들은 소곤거렸어. 법원 여기저기에서, 여자 화장실에서, 복도에 줄지어 놓인 벤치에서 소곤거렸어. "차가워, 누가 뱀 아니랄까봐." "스무 살에? 스무 살짜리가 어떻게 애들한테 그런 짓을 할 수 있어?" "무슨 소리. 저 눈 좀 봐. 완전히 늙었잖아." "우리 귀여운 아들은 절대 그걸 극복하지 못할 거야." "악마." "나쁜 년."

이제 그 눈은 뱀의 눈이라기보다는 토끼 눈에 가깝지만 키는 그대로야. 아주 많은 게 변했어. 여자는 밧줄처럼 빼빼 말랐어. 사이즈 1 팬티. A컵 브라, 그런 게 있다면 말이야. 글램글로를 좀 쓰면 틀림없이 좋아질 것 같아. 포멀라이즈 링클 소프너와 주시 브론즈를 쓰면 창백한 피부에 색깔이 돌아올 테고.

재규어에서 내릴 때는 여자가 나를 알아볼지 궁금하지도 않고 관심도 없어. 그냥 여자한테 다가가서 말해. "태워줄까요?"

여자는 나한테 빠르게 무관심한 눈길을 던지고는 도로로 눈길을 돌려. "아니. 필요 없어요."

여자의 입이 떨려. 전에는 아이를 베어버릴 듯 예리하게 갈아낸 단단하고 곧은 면도날이었는데. 보톡스 주사를 좀 맞고 탱고- 매트를, 반짝이지 않는 걸로, 발라주면 입술이 부드러워지고 배심원단에게도 여자에게 좋은 쪽으로 영향을 주었을 거야. 물론 그 당시엔 유, 걸이 없었지만.

"태워줄 사람이 있나요?" 나는 웃음을 지어.

"택시." 여자가 말해.

웃겨. 여자는 마치 습관이 된 것처럼 낯선 사람에게 꼬박꼬박 대답을 하고 있어. "네가 뭔 상관인데?"라거나 심지어 "도대체 넌 누구야?"라고도 하지 않고 계속 설명을 해. "택시를 불렀어요. 그러니까 저 사무실에서 불러줬단 거예요."

내가 가까이 가서 여자의 팔을 향해 손을 뻗을 때 택시가 굴러 왔고 여자는 총알처럼 빠르게 문손잡이를 잡고 작은 캐리어 백을 안에 던져넣더니 문을 쾅 닫아. 나는 창을 두드리며 소리쳐. "기다려요! 기다려!" 너무 늦었어. 기사는 NASCAR* 프로 선수처럼 유턴을 해.

나는 내 차를 향해 달려가. 그들을 쫓는 건 어렵지 않아. 심지어 미행한다는 사실을 감추려고 택시를 추월하기까지 하지. 하지만 그건 실수였다는 게 드러나고 말아. 막 출구 램프로 진입하려는데 택시가 나를 앞질러서 노리스타운 쪽으로 빠르게 직진하는 게 보이는 거야. 브레이크를 밟고 차를 뒤로 뺐다가 택시를 따라가니 바퀴에서 자갈이 튀어. 노리스타운으로 가는 길에는 50년대에 짓고 그뒤에도 여러 번 추가로 지은 똑같은 모양의 단정한 주택들이 줄지어 늘어서 있어—문이 닫힌 측면 포치, 차 두 대를 넣으려고 넓힌 차고, 뒷마당의 파티오. 솔잎색이나 비트색 문이 달린 옅은 파란색, 흰색, 노란색 집들이 널찍한 잔디에 말쑥하게 앉아 있어 거리는 마치 유치원생이 그린 그림 같아. 빠진 건 햇살이 둘레에 막대기처럼 뻗은 팬케이크 같은 태양뿐이야. 집들 너머로, '라이트' 맥주**만큼이나 흐리고 칙칙한

---

* 미국 스톡카 경주 협회.

쇼핑몰 옆에 타운이 시작된다고 알리는 표지판이 있어. 그 옆에는 '에바 딘 모텔 앤드 레스토랑'이라는 더 큰 표지판이 있고. 택시는 방향을 틀더니 입구 옆에서 멈춰. 여자가 내려서 기사에게 요금을 내. 나는 그 뒤를 따라가다가 레스토랑 옆, 꽤 멀리 떨어진 곳에 차를 세워. 주차장에는 다른 차가 한 대뿐이야—검은색 SUV. 여자가 누군가를 만나는 게 틀림없어. 그런데 체크인 데스크에서 몇 분을 보낸 뒤 곧장 레스토랑으로 가서 창가에 자리를 잡네. 여자의 모습이 분명하게 보여. 나는 여자가 성적이 바닥인 아이, 또는 영어를 배우는 외국 학생처럼 메뉴를 공부하는 것을 지켜봐—손가락으로 음식을 하나씩 짚으며 입술을 달싹이고 있어. 저렇게 변할 수가. 저 사람이 유치원생들에게 O자를 만들기 위해 사과를 고리 모양으로 자르게 하고, B를 가르치려고 프레첼을 나누어주고, 수박 덩어리를 Y 모양으로 베어내던 선생이라니. 그저 BOY—여자 화장실 세면대 앞에서 소곤거리던 여자들 말에 따르면 그게 이 여자가 가장 좋아하는 거였대—의 철자를 가르쳐주려고. 과일을 미끼로 내밀었다는 것도 재판 증언에서 중요한 부분이었지.

여자가 먹는 걸 좀 봐. 웨이트리스가 여자 앞에 계속 접시를

** 알코올이나 칼로리를 낮춘 맥주로 라이트는 일부러 lite라고 쓴다.

갖다놓고 있어. 말이 되지, 뭐, 이게 출옥 후 첫 식사니까. 난민처럼, 먹을 것도 마실 것도 없이 몇 주 동안 바다를 둥둥 떠다니다가 배에 함께 탄 채 죽어가는 사람의 살을 좀 먹는다 한들, 죽은 뒤 오그라들기 전에 미리 좀 먹는다 한들 그게 그 사람에게 무슨 해가 될까 하는 생각이 당장이라도 찾아올 것 같은 사람처럼 게걸스럽게 먹고 있어. 음식에서 절대 눈을 떼지 않고, 접시들을 오가며 찌르고, 자르고, 뜨고, 정신없이 바쁘게 움직여. 물도 마시지 않고, 빵에 버터도 바르지 않아. 어떤 것도 여자의 속식速食을 막는 걸 허락하지 않는 것처럼. 다 해서 십 분인가 십이 분인가 만에 끝이 나버려. 이윽고 여자는 돈을 내고, 레스토랑을 나와 서둘러 보도를 걸어가. 이제 뭘 할까? 손에 열쇠를 쥐고, 토트백을 어깨에 메고, 걸음을 멈추더니 치장 벽토를 바른 두 담 사이의 틈으로 꺾어 들어가네. 차에서 내려 여자 뒤를 따라 뛰다시피 걷는데 토하는 소리가 들려. 그래서 SUV 뒤에 숨어 여자가 나오기를 기다려.

여자가 여는 문에는 페인트로 3-A라고 칠해져 있어. 나는 이제 준비가 됐어. 권위 있게 들리도록 문을 두드려, 강하지만 위협적이지는 않게.

"네?" 목소리가 흔들려, 자동적으로 복종하도록 훈련된 사람의 겸손한 목소리야.

"헉슬리 부인. 문 좀 열어주세요."

정적이 흐르고 이어, "난 어, 내가 좀 아파서요."

"압니다." 나는 말해. 내 목소리에는 심판하는 듯한 기운이 깔려 있어. 보도에 그대로 두고 온 토사물 때문에 온 걸로 생각하기를 바라고 있는 거지. "문 여세요."

여자는 문을 열고 손에 타월을 든 채 맨발로 서 있어. 여자가 입을 닦아. "네?"

"이야기 좀 해야겠어요."

"이야기?" 여자는 빠르게 눈을 깜빡이지만 진짜 해야 할 질문은 하지 않아. "누구시죠?" 하는 질문.

나는 여자를 밀치고 지나가, 루이뷔통 백을 들고 앞장을 서. "소피아 헉슬리, 맞죠?"

여자는 고개를 끄덕여. 눈에 아주 작게 두려운 빛이 스쳐. 내가 깊은 밤처럼 검은데다 그 위에 완전히 흰색 옷을 입었기 때문에 여자는 그게 제복이고 내가 어떤 당국 소속이라고 생각할지도 몰라. 나는 여자를 진정시키고 싶어서 쇼핑백을 들어올리며 말해. "이리 오세요. 좀 앉죠. 드릴 게 있어요." 여자는 가방이나 내 얼굴을 보지 않아. 치명적인 높은 힐이 달리고 위험할 정도로 앞이 뾰족한 내 구두를 물끄러미 바라볼 뿐이야.

"내가 뭘 하기를 바라시나요?" 여자가 물어.

그렇게 부드럽고 싹싹한 목소리라니. 철창 뒤에서 십오 년을 보낸 뒤라 공짜는 없다는 걸 잘 아는 거지. 누구도 받는 자에게 어떤 대가 없이 뭔가를 그냥 주지 않는다. 그것이 무엇이든―담배든, 잡지든, 탐폰이든, 우표든, 마스 초콜릿 바든, 땅콩버터 단지든―낚싯줄처럼 질긴 조건들이 따라붙는다.

　"아무것도 없어요. 어떤 것도 하기를 바라지 않아요."

　이제 여자의 눈이 길을 잃은 것처럼 움직이며 구두에서 내 얼굴로 올라와. 아무런 질문이 담기지 않은 탁한 눈이야. 그래서 내가 먼저, 정상적인 사람이라면 제기했을 만한 질문에 답을 해 줘. "헉슬리 부인이 데카곤에서 나오는 걸 봤어요. 아무도 마중을 나오지 않았더라고요. 내가 태워드리겠다고 했었죠."

　"그게 댁이었어요?" 여자가 얼굴을 찌푸려.

　"나였어요. 네."

　"우리가 아는 사이인가요?"

　"내 이름은 브라이드예요."

　여자는 눈을 가늘게 떠. "그게 나한테 무슨 의미가 있어야 하는 건가요?"

　"아니요." 나는 말하며 웃음을 지어. "내가 뭘 가져왔는지 보세요." 나는 더 참지 못하고 침대 위에 가방을 놓아. 가방 안으로 손을 넣어 유, 걸 선물 상자를 꺼내고 그 위에 봉투 두 개를 올려

놓아—얄팍한 봉투에는 항공사 상품권이 들어 있고, 두툼한 봉투에는 오천 달러가 들어 있어. 여자가 만기 복역을 한 거라면 일 년에 이백 달러 정도 되는 셈이지.

소피아는 감염된 물건이라도 보듯 전시된 것을 물끄러미 바라봐. "이게 다 뭐죠?"

이거, 감옥생활 때문에 여자의 뇌가 어떻게 된 건 아닌지 궁금하네. "괜찮아요." 나는 말해. "부인을 도울 수 있는 것들일 뿐이에요."

"내가 뭘 하는 걸 돕는다는 거죠?"

"출발을 잘 하는 걸. 그러니까, 부인 인생을."

"내 인생?" 뭔가 잘못되었어. 마치 그 단어에 대한 소개가 필요하다는 듯한 말투거든.

"맞아요." 나는 여전히 미소를 짓고 있어. "부인의 새로운 인생."

"왜? 누가 댁을 보낸 거예요?" 소피아는 이제 무서운 게 아니라 흥미를 느끼는 표정이야.

"아마 날 기억 못하시겠죠." 나는 어깨를 으쓱해. "어떻게 기억하시겠어요? 룰라 앤. 룰라 앤 브라이드웰. 재판 때. 나는 그 아이들 중 하나……"

나는 혀로 피 사이를 훑어. 이는 다 멀쩡하게 있는데, 일어날 수가 없을 것 같아. 왼쪽 눈꺼풀이 감기고 오른쪽 팔에 감각이

없다는 건 느낄 수 있어. 문이 열리고 내가 가져간 모든 선물이 내게로 던져져. 하나씩, 루이뷔통 백까지 포함해서 전부 다. 문이 쾅 닫혔다가, 다시 열려. 내 검은 스틸레토 힐이 내 등에 맞고 왼팔 옆으로 굴러떨어져. 그쪽으로 손을 뻗다가 오른팔과 달리 그쪽 팔은 움직이는 걸 알고 안도해. "도와주세요" 하고 소리를 지르려 하지만 입이 다른 누군가에게 달려 있는 것 같아. 나는 몇 피트를 기어가 일어서보려고 해. 두 다리는 움직여. 그래서 선물을 모아 백에 집어넣고, 구두 한 짝은 신고 하나는 남겨둔 채 절뚝거리며 차로 가. 아무 느낌도 없어. 아무 생각도 없어. 사이드미러로 얼굴을 볼 때까지는. 입에 누가 생간을 쑤셔넣은 것 같아. 얼굴 한쪽 면 전체의 피부가 벗겨졌고. 오른쪽 눈은 버섯이야. 내가 원하는 건 오로지 여기서 도망가는 것뿐이야—911은 아니지. 그건 시간이 너무 걸리고 그동안 어떤 무지한 모텔 매니저가 나를 노려보는 건 원치 않으니까. 경찰. 이 타운에도 틀림없이 몇 명은 있겠지. 다른 죽은 한 손은 허벅지 옆에 놓고서, 왼손으로 시동을 걸고 기어를 넣고 운전대를 잡자니 집중이 필요해. 그 하나하나가. 그래서 노리스타운으로 더 깊이 들어가 경찰서를 가리키는 화살표가 있는 표지판을 보고 나서야 생각이 나—경찰은 보고서를 쓰고, 고발당한 사람을 면담하고, 내 망가진 얼굴 사진을 찍어 증거로 쓰겠지. 지역신문에 내 사진과 기사

가 실리면 어쩌지? 유, 걸로 날아들 조롱을 생각하면 내가 창피한 건 문제도 안 돼. 유, 걸에서 부, 걸*로 된다는 건.

망치로 두드리는 듯한 통증 때문에 전화기를 꺼내 친구에게 전화를 거는 것도 힘들어. 브루클린, 내가 신뢰할 수 있는 단 한 사람. 완전히 신뢰할 수 있는.

---

* Boo Girl. boo는 야유하는 소리.

브루클린

애는 거짓말을 하고 있어. 우리는 이 쓰레기장 같은 병원에 앉아 있어. 내가 두 시간 동안 차를 몰고 와 이 시골의 타운을 찾아내고, 그런 다음 문을 닫은 경찰서 뒤쪽에 주차한 애 차를 찾아내고 난 뒤의 일이야. 물론 경찰서는 닫혀 있어. 일요일, 교회와 월마트만 문을 여는 날이니까. 애는 히스테리 상태에 빠져 있었고 온통 피투성이에 한쪽 눈으로만 울고 있었어. 다른 쪽 눈은 너무 부어올라 눈물을 흘리지도 못했어. 가엾은 것. 누군가 하나를 망가뜨렸어, 저 눈들 가운데 하나를, 그 낯선 느낌으로 모두 겁먹게 하던 눈―크고, 비스듬히 찢어지고, 약간 갈고리 모양이고, 피부가 얼마나 검은지를 생각하면 참 색깔이 묘한 눈을. 이질적인 눈, 나는 그렇게 불러, 물론 남자들은 끝내주는 눈이라고

생각하지만.

어쨌든, 몰의 주차장을 마주보고 있는 이 작은 응급 진료실을 찾아내고 난 얘를 부축해 걷는 걸 도와야 해. 얘는 구두를 한 짝만 신고 절뚝거려. 마침내 간호사가 눈이 휘둥그레져서 우리를 바라봐. 그녀는 우리 한 쌍을 보고 깜짝 놀라. 하나는 금발머리를 드레드록 스타일로 꼰 백인 여자고, 하나는 윤기 나는 머리카락이 굽이치는 아주 검은 여자니까. 여기저기 서명하고 보험 카드를 제시하느라 시간이 끝도 없이 걸려. 이윽고 우리는 앉아서 당직 의사를 기다리는데, 그 의사가 사는 곳은, 몰라, 어디 멀리 떨어진 다른 시시껄렁한 타운이겠지. 이리로 데려오는 동안 브라이드는 한마디도 하지 않지만, 대기실에 들어오자 거짓말을 시작해.

"나 망가져버렸어." 브라이드가 소곤거려.

나는 말해. "아니 그렇지 않아. 여유를 가져. 그레이스가 얼굴을 당긴 후에 어떤 꼴이었는지 기억나?"

"그 얼굴은 의사가 그런 거고." 브라이드가 대꾸해. "내 얼굴은 미치광이가 이런 거야."

내가 다그쳐. "그러니까 말 좀 해봐. 무슨 일이야, 브라이드? 그게 누구야?"

"누가 누구?" 브라이드는 입으로 숨을 쉬면서 코를 살살 만져.

"널 반 죽도록 때린 놈."

브라이드가 잠깐 기침을 해서 내가 티슈를 건네. "내가 놈이라 그랬어? 놈이라고 한 기억은 없는데."

"그럼 지금 여자가 이랬단 거야?"

"아니." 브라이드가 말해. "아니. 놈이었어."

"널 강간하려고 했던 거야?"

"아마도. 누가 겁을 줘서 쫓아 보낸 것 같아. 그놈이 나를 이리 저리 내두르더니 가버렸어."

내 말이 뭔지 알겠지? 심지어 훌륭한 거짓말도 아니야. 난 조금 더 밀어붙여봐. "네 핸드백을 가져가지 않았어. 지갑도, 아무 것도."

브라이드는 우물거려. "보이스카우트였나보지 뭐." 입술이 부풀고 혀는 자음을 제대로 발음하지도 못하면서 자신의 멍청한 농담에 웃음을 지으려 해.

"누군지는 몰라도 그놈을 겁줘서 쫓아 보낸 사람이 왜 남아서 널 도와주지는 않은 거야?"

"모르겠어! 몰라! 몰라!"

브라이드가 소리치고 훌쩍이는 척하는 바람에 나는 뒤로 물러서. 뜨고 있는 하나뿐인 눈은 가짜 훌쩍임을 따라가지 못하고 입역시 너무 아파서 따라가지를 못해. 나는 오 분 동안 한마디도

하지 않고 〈리더스 다이제스트〉 책장만 넘겨. 그리고 최대한 정 상적이고 사근사근한 목소리를 내려고 애를 써. 연애하고 있는 남자 대신 왜 나한테 전화했느냐고 묻지는 않기로 하고.

"어쨌든 여기서 뭘 하고 있었던 거야?"

"친구를 만나러 왔어." 브라이드는 배가 아픈 것처럼 허리를 앞으로 구부려.

"노리스타운에? 여기 네 친구가 살아?"

"아니. 근처에."

"그 녀석은 찾았어?"

"여자야. 아니. 못 찾았어."

"그 여자가 누군데?"

"오래전에 알던 사람. 거기 없더라고. 아마 죽었나봐."

얘가 거짓말을 하고 있다는 걸 내가 안다는 걸 얘도 알아. 얘 를 공격한 사람이 왜 돈을 안 가져갔겠어? 뭔가가 얘 머릿속을 휘저어놓은 게 분명해. 그렇지 않고서야 나한테 뭐하러 그런 좆 나게 씨도 안 먹히는 거짓말을 하겠어? 얘는 내가 무슨 생각을 하든 염병할 전혀 아랑곳하지 않는 듯해. 브라이드의 작고 하얀 스커트와 상의를 쇼핑백에 쑤셔넣다가 그 안에서 고무줄로 묶은 백 달러 지폐 오십 장, 항공사 상품권, 아직 출시되지 않은 유, 걸 샘플을 봤어. 됐지? 누드 스킨 글로를 원하는 강간범 지망생이야

없겠지, 하지만 공짜 현금이 있는데? 하지만 얘가 의사를 만날 때까지 잠자코 기다리기로 해.

나중에, 브라이드가 자기 얼굴을 보려고 내 콤팩트 거울을 들어올릴 때 거울에 비친 모습 때문에 얘 가슴이 찢어질 거라는 걸 알아. 얼굴의 사분의 일은 괜찮아. 하지만 나머지는 분화구야. 추한 검은 실밥, 부은 눈, 이마의 반창고들, 우방기족* 입술처럼 튀어나와 생살raw의 r도 발음하지 못하는 입술. 얘 피부는 그렇게 생살처럼 보여—완전 분홍과 검푸른색이야. 최악은 코야—베이글 반쪽만한 크기의 거즈 밑에 있는 콧구멍이 오랑우탄의 콧구멍만해. 다치지 않은 아름다운 눈도 움츠러들고, 충혈되고, 거의 죽어버린 듯해.

이런 생각은 하지 말아야 하는데. 하지만 실비아 주식회사에서 브라이드 자리는 이제 누구나 차지할 수 있는 것이 되어버렸는지도 모르겠어. 자기 외모도 개선해주지 못하는 상품으로 다른 여자들의 외모를 개선할 수 있다고 어떻게 설득할 수 있겠어? 세상의 모든 유, 걸 파운데이션을 발라도 눈의 흉터, 부러진 코, 분홍색 진피층이 드러날 정도로 긁힌 얼굴 피부를 감추지는 못해. 손상을 입은 곳들이 대충 희미해진다 해도 여전히 성형수술

---

* 장식으로 입술을 크게 부풀리는 아프리카 종족.

은 필요할 텐데, 그러면 몇 주일이고 선글라스와 헐렁한 모자 차림으로 하는 일 없이 시간을 보내야 할 거야. 그러면 나한테 애 자리를 맡으라는 요청이 올지도 몰라. 물론 임시로.

"먹을 수가 없어. 말할 수가 없어. 생각할 수가 없어."

훌쩍거리는 목소리에 몸마저 떨고 있어.

나는 팔을 브라이드 몸에 두르며 속삭여. "어이, 걸프렌드, 자기가 불쌍하다고 징징거리기 없기. 이 쓰레기장에서 나가자고. 여기에는 일인실도 없고 저기 저 간호사는 잇새에 상추가 끼었어. 온라인 간호 과정을 졸업한 이후로는 손 씻은 일이 없는 것 같아."

브라이드는 몸을 떨던 것을 멈추고, 오른팔을 묶은 팔걸이 붕대를 조정하고 나에게 물어. "저 의사가 일을 제대로 한 것 같지 않아?"

"누가 알겠어. 여긴 이동주택단지 진료소잖아. 진짜 병원에 태워다줄게. 병실에 변기와 세면대가 있는 곳으로."

"여기서 나를 퇴원시켜줘야 하지 않을까?" 브라이드는 열 살짜리처럼 말해.

"왜 이래. 우리는 떠나는 거야. 지금. 네가 대충 치료받는 동안 내가 뭘 사왔는지 봐. 추리닝하고 쪼리야. 이 근처에 괜찮은 병원은 없어도 아주 품위 있는 월마트는 있더라고. 자. 일어서.

나한테 기대. 플로렌스 나이팅게일이 네 물건을 어디 뒀을까? 가는 길에 아이스팝이나 슬러리를 좀 살 거야. 아니면 밀크셰이크나. 그게 약으로 봐도 더 나아. 아니면 토마토주스, 닭 수프도 괜찮고."

나는 끝도 없이 주절대며 약과 옷을 들고 수선을 떨지만 브라이드는 그 추한 꽃무늬 병원 가운을 꽉 움켜쥐고 있어. "오, 브라이드." 내 목소리가 갈라져. "그런 표정 짓지 마. 괜찮아질 거야."

차를 천천히 몰아야 해. 도로의 튀어나온 부분을 지날 때마다 차선을 갑자기 바꿀 때마다 얘가 움찔하거나 끙끙대거든. 나는 브라이드가 통증을 잊게 하려고 애를 써.

"스물세 살인지 몰랐어. 내 나이인 줄 알았어, 스물하나. 면허증을 보고 알았지. 있잖아, 보험 카드를 찾다가 말이야."

브라이드는 대답하지 않아. 그래도 나는 계속 얘한테서 웃음을 얻어내려고 노력해. "하지만 멀쩡한 눈만 보면 스무 살로 보여."

먹히지 않아. 젠장 뭐야. 차라리 혼잣말을 하는 게 낫지. 그냥 얘를 고이 집에 데려다주기로 해. 직장 일은 내가 다 처리해줄 거야. 브라이드는 오랫동안 병가를 낼 거고, 누군가 그 일을 떠맡아야 해. 그러다 그다음에 어떻게 될지 누가 알겠어?

브라이드

그 여자는 정말이지 별종이었어. 소피아 헉슬리. 유순한 전과자에서 격분하는 악어로 돌변. 늘어진 입술에서 엄니로. 구부정한 걸음걸이에서 망치로. 나는 신호를 전혀 눈치채지 못했어ㅡ눈을 가늘게 뜨거나 목의 힘줄이 불거지지도 않았고, 어깨를 구부리거나 입술을 들어올려 이를 드러내지도 않았어. 여자가 곧 나를 공격할 거라고 알려주는 건 아무것도 없었어. 그 공격은 절대 잊지 못할 거야, 잊으려고 해도, 수치는 물론이고 흉터 때문에 도저히 잊지 못할 거야.

치유에는 기억이 최악이야. 난 급하게 할 일도 없어 하루종일 빈둥거려. 회사 실무진에게는 브루클린이 알아서 설명했어. 강간 시도가 있었지만 간신히 피했다느니 뭐니. 그애는 진짜 친구

라 그저 나를 지켜보고 동정하러 오는 가짜 친구들과는 달리 짜증나게 굴지 않아. 텔레비전은 볼 수가 없어. 너무 지루해―대개가 피, 립스틱, 여자 앵커의 엉덩이야. 뉴스라고 하는 건 뒷담화이거나 거짓말 강의야. 루부탱 힐*을 신은 여형사가 살인자를 추적하는 범죄 드라마를 내가 어떻게 진지하게 받아들일 수 있겠어? 그렇다고 뭘 읽자니 활자를 보면 어지럽고, 어떤 이유에서인지 이제 음악도 듣고 싶지 않아. 아름답든 평범하든 사람 목소리는 날 우울하게 하고, 악기는 더 심해. 게다가 미뢰味蕾가 사라진 걸 보니 혀도 어떻게 됐나봐. 죄다 레몬맛이야―레몬만 빼고, 그건 소금맛. 와인은 낭비지, 바이코딘**을 먹으면 더 진하고, 더 안락한 안개에 파묻힐 수 있거든.

그년은 내 얘기를 끝까지 듣지도 않았어. 내가 유일한 증인, 소피아 헉슬리를 0071140으로 만든 유일한 증인은 아니었어. 그 여자의 학대에 관해서는 다른 증언이 많았어. 적어도 다른 아이 넷이 증인으로 나왔지. 그 아이들이 이야기하는 것을 듣지는 않았지만 아이들은 법정을 나오면서 몸을 떨며 울고 있었어. 우리를 코치해준 사회복지사와 심리학자는 아이들을 끌어안고 속

---

* 구두 브랜드. 아주 높은 힐로 유명하다.
** 마약성 진통제.

삭였어. "괜찮을 거야. 아주 잘했어." 둘 다 나를 안아주지는 않았지만 그래도 웃음은 지어주었어. 소피아 헉슬리는 가족이 없는 것 같았어. 그래, 남편은 있지만 지금 다른 감옥에 들어가 있고 일곱 번이나 시도했지만 아직 가석방을 얻지 못했어. 아무도 그녀를 맞으러 나오지 않았지. 아무도. 그런데 왜 계산대 점원이나 청소부 일자리를 얻는 대신 그냥 내 도움을 받아들이지 않았을까? 부자 가석방자들은 웬디스에서 변기 청소를 하게 되는 일은 없잖아.

내가 팔을 들어올려 그 여자를 손가락으로 가리켰을 때 난 거우 여덟 살이었고, 아직 귀여운 룰라 앤이었어.

"네가 본 여자가 여기 이 방에 있니?" 여자 변호사에게서는 담배 냄새가 나.

나는 고개를 끄덕여.

"말로 해야 돼, 룰라. '네'나 '아니요'로 말해."

"네."

"어디 앉아 있는지 가르쳐줄래?"

난 여자 변호사가 준 종이컵에 든 물을 엎지를까봐 겁이 나.

"괜찮아." 여검사가 말해. "천천히 해."

정말 나는 천천히 했어. 팔을 쭉 뻗을 때까지 주먹을 쥐고 있었지. 그러고 나서 검지를 펼쳤어. 탕! 경찰의 권총처럼. 헉슬리

부인은 나를 물끄러미 보다가 뭔가 말하려는 것처럼 입을 열었어. 충격을 받은 표정, 믿을 수 없다는 표정이었어. 하지만 내 손가락은 여전히 가리키고 있었어, 너무 오래 가리키고 있어서 여자 검사가 내 손을 어루만지며 "고맙다, 룰라" 하고 말하며 팔을 내리게 해야 했지. 나는 스위트니스 쪽을 흘끗 봤어. 전에는 본 적 없는 웃음을 짓고 있더라고―입과 눈으로. 그게 다가 아니었어. 법정 밖에서 모든 어머니들이 나를 보고 웃었고, 두 사람은 나를 어루만지고 끌어안기까지 했다니까. 아버지들은 엄지를 척 세웠지. 무엇보다 좋았던 것은 스위트니스였어. 함께 법원 층계를 걸어내려오면서 내 손, 내 손을 잡아줬어. 전에는 한 번도 그런 적이 없었기 때문에 기분이 좋은 만큼 놀랍기도 했어. 나를 만지는 것을 좋아하지 않는다는 걸 늘 알고 있었으니까. 다 알 수 있었지. 내가 어렸을 때, 나를 목욕시켜야 할 때면 그 얼굴에 완전히 혐오가 덮었어. 비누를 묻힌 수건으로 성의 없이 대충 문지르고 나서 진짜로 물로 씻어내야 할 때면 말이야. 나는 그저 손이 닿는 걸 느끼고 싶어서 따귀를 맞거나 손바닥으로 엉덩이를 맞게 해달라고 기도하곤 했어. 내가 일부러 작은 잘못을 저질렀지만 스위트니스는 자신이 싫어하는 피부에 손을 대지 않고 벌을 주는 방법을 여러 가지 알고 있었어―저녁 주지 않고 재우기, 내 방에 가두기―하지만 최악은 소리를 지르는 거였지. 공

포가 지배하면 복종이 생존을 위한 유일한 선택이 돼. 나는 그거 하나는 잘했어. 얌전하게 또 얌전하게 또 얌전하게 굴었거든. 법정에 출두하는 것이 겁이 났지만 교사-심리학자가 나에게 기대하는 일을 했어. 멋지게 한 게 분명해, 재판 뒤에 스위트니스가 약간은 어머니처럼 바뀌었으니까.

모르겠어. 어쩌면 헉슬리 부인보다 그냥 내게 더 화가 난 것인지도 몰라. 절대 맞서 싸우지 않는 룰라 앤으로 돌아가버렸으니까. 절대. 난 그 여자가 나를 죽어라 패는 동안 그냥 거기 누워 있었어. 여자의 얼굴이 피로로 사과처럼 빨개지지 않았다면 그 모텔 바닥에서 죽었을 수도 있어. 여자가 얼굴을 때리고 갈빗대를 때리고 주먹으로 턱을 부수고 머리로 내 머리를 받았을 때도 나는 소리를 내지 않았고, 막으려고 손을 들어올리지도 않았어. 여자는 나를 질질 끌어 문밖으로 내던지면서 숨을 헐떡였어. 지금도 내 목덜미의 머리카락을 움켜쥐던 여자의 억센 손, 내 등을 밟는 발이 느껴져. 내 뼈가 콘크리트에 부딪히며 금이 가는 소리가 아직도 들려. 팔꿈치, 턱. 균형을 잡으려고 두 팔이 미끄러지고 뻗어나가는 게 느껴져. 그런 다음 이가 다 있는지 피 속에서 혀로 찾아보고. 문이 쾅 닫혔다가 다시 열리며 여자가 내 구두를 던졌을 때 나는 매 맞은 강아지처럼 무서워 훌쩍거리지도 못하고 기어서 달아났어.

어쩌면 그의 말이 맞는지도 몰라. 나는 그런 여자가 아니야. 그가 떠났을 때 나는 그 일을 털어버렸고 대수롭지 않은 척했지만.

에어로솔 캔에서 뿜어져나오는 거품을 쓰면 낄낄 웃음이 터져나오기 때문에 그는 면도 비누와 솔, 상아 손잡이에 멧돼지 털이 박힌 멋진 솔로 거품을 냈지. 그건 지금 그의 칫솔, 가죽숫돌, 접는 면도칼과 함께 쓰레기 속에 들어가 있을 거야. 그가 남기고 간 것들은 너무 팔팔하게 살아 있어. 이제 그 모든 걸 내버릴 때가 왔어. 다 두고 가버렸거든. 화장품, 옷, 책 두 권이 든 천가방, 한 권은 외국어 책이고 또 한 권은 시집이던데. 그걸 다 버려, 그랬다가 쓰레기를 뒤져서 면도솔과 뼈 손잡이가 달린 면도칼만 꺼내. 두 가지 다 욕실 약장에 넣고 문을 닫다 거울에 비친 내 얼굴을 물끄러미 바라봐.

"너는 늘 흰색을 입어야 해, 브라이드. 언제나 오로지 흰색, 전부 흰색으로만." 자신을 '인간 전체' 디자이너라고 부르는 제리는 그렇게 고집했어. 실비아 주식회사에서 이차 면접을 보기 위해 단장을 할 때 그와 상의했거든.

"네 이름 때문만이 아니야." 제리는 나에게 말했어. "그게 네 감초색 피부에 주는 영향 때문이기도 해." 그렇게 말하더라고. "이 검은색은 새로운 검은색이야. 내 말 뜻 알아? 잠깐. 너는 감초보다는 허시 시럽에 가깝구나. 사람들이 너를 볼 때마다 휘핑

크림과 초콜릿 수플레를 떠올리게 하지."

그 말에 나는 웃음을 터뜨렸어. "아니면 오레오나?"

"절대 아니야. 뭔가 고급스러운 것. 봉봉 과자. 국자로 퍼주는 거."

처음에는 흰색 옷만 쇼핑하는 게 지겨웠지만 마침내 흰색에도 아주 많은 색조가 있다는 걸 알게 됐어. 상아, 굴, 설화석고, 종이, 눈, 크림, 생마生麻, 샴페인, 유령, 뼈. 액세서리 색깔을 선택하기 시작하면서 쇼핑은 훨씬 더 흥미로워졌지.

제리는 나에게 조언해줬어. "이봐, 브라이드 베이비. 꼭 색깔을 약간 넣고 싶다면 구두하고 백으로 제한해. 하지만 나 같으면 그것도 절대 흰색은 아니다 싶을 때만 둘 다 검은색으로 하겠어. 그리고 잊지 마. 화장은 안 돼. 립스틱이나 아이라이너도 안 돼. 아무것도."

보석에 관해서도 물어봤지. 금? 다이아몬드 몇 개? 에메랄드 브로치 하나?

"아냐. 아냐." 제리는 두 손을 들어올렸어. "보석은 절대 하지 마. 작은 진주 귀걸이는 혹시 모르겠네. 아냐. 그것도 안 돼. 그냥 너야, 걸you, girl. 모두 검은담비와 얼음으로. 눈 속의 흑표범. 그런데 네 몸에 보석? 그 오소리 눈에? 제발!"

나는 그의 조언을 받아들였고 그건 효과가 있었어. 어디를 가

나 나는 두 번씩 눈길을 받았는데, 어렸을 때 받았던 희미하게 혐오가 섞인 눈길과는 달랐지. 사모하는 눈길이었고, 어리벙벙하면서도 굶주린 눈길이었어. 게다가, 자기도 모르는 사이에 제리는 나에게 제품 라인의 이름을 주었어. 유, 걸.

거울 속의 내 얼굴이 거의 새것처럼 보여. 입술은 정상으로 돌아왔어. 코와 눈도 마찬가지야. 갈빗대 쪽만 만질 때 아직 아프고, 놀랍게도 얼굴의 긁힌 피부가 가장 빨리 나았어. 거의 예전처럼 다시 아름다워 보이는데, 왜 여전히 슬픈 걸까? 충동적으로 약장 문을 열고 그의 면도솔을 꺼내. 어루만져봐. 비단 같은 느낌의 털은 간지럽기도 하고 부드럽기도 해. 솔을 턱에 갖다대고 그가 하던 것처럼 문질러봐. 턱 아래로 옮겨, 거기서 귓불까지 밀어올려. 어쩐 일인지 정신을 잃을 것 같아. 비누. 비누 거품이 필요해. '그가 사랑하는 피부를 위한' 바디 폼 튜브가 담긴 예쁜 상자를 뜯어 열어. 튜브를 비누 그릇에 대고 짠 다음 그의 솔에 적셔. 거품을 얼굴에 잔뜩 바르자 숨이 가빠와. 뺨에, 코 밑에 비누 거품을 발라. 틀림없이 미친 짓이지만 난 내 얼굴을 빤히 바라보지. 눈이 더 커 보이고 별처럼 반짝여. 코는 나았을 뿐 아니라 완벽하고 하얀 거품 사이의 입술은 그냥 그대로 키스해버리고 싶어져 새끼손가락으로 어루만져봐. 멈추고 싶지 않지만 멈춰야 해. 면도칼을 움켜쥐어. 그가 이걸 어떻게 잡았더라? 손가

락을 어떻게 움직이던데 기억이 나지 않네. 연습을 해야겠어. 그동안은 무딘 날을 이용해서 하얀 비누 거품의 소용돌이를 깎아 짙은 초콜릿색 길들을 내. 물을 끼얹어 얼굴을 닦아내. 뒤따르는 만족감이 아주 달콤해.

이렇게 집에서 일하는 게 생각했던 것만큼 나쁘지는 않아. 여전히 내게 권한이 있어, 브루클린이 나중에 비판을 하기도 하고, 심지어 몇 가지 결정을 뒤집기도 하지만. 괜찮아. 그애가 뒤를 받쳐줘서 다행이야. 게다가 우울할 때는 그걸 치료할 방법이 그의 면도 도구를 넣어두는 작은 통 안에 보관되어 있고. 따뜻한 비눗물로 거품을 내다보면 솔질을 하고 이어서 면도를 하고 싶어 안달이 나. 그 두 가지가 합쳐지면 흥분이 되면서 동시에 안심이 돼. 원한 같은 것 없이, 내가 놀림거리가 되고 상처를 받았던 때들을 상상하게 돼.

"완전히 시커메서 그렇지 색깔 밑은 예쁜 편이야." 이웃들과 그 딸들도 그 점에는 동의했어. 스위트니스는 사친회나 배구 시합에 참석한 적이 없었지. 나한테는 대학 진학보다는 실업계 과정을 택하라고, 사년제 주립대학보다는 커뮤니티 칼리지를 가라고 권했어. 나는 그런 건 전혀 하지 않았어. 몇 번인지 모를 거부를 당한 끝에 마침내 재고 정리하는 일자리를 얻게 되었지— 고객이 나를 보게 되는 판매 쪽 일은 절대 주지 않더라고. 화장

품 카운터에 서고 싶었지만 감히 요청할 수가 없었어. 구매 담당이 된 것도 돌처럼 멍청한 백인 여자아이들이 승진을 해서 자리가 비거나 너무 일을 심하게 망쳐서 재고에 관해 진짜로 뭘 아는 누군가를 찾기로 한 뒤의 일이야. 실비아 주식회사 면접도 시작은 좋지 않았어. 내 스타일, 내 옷에 의문을 제기했고 나중에 다시 오라고 말했지. 제리와 상의를 한 게 그때였어. 그런 뒤에 면접관의 방을 향해 복도를 걸어가면서 내가 어떤 영향력을 발휘하는지 볼 수 있었어. 감탄하며 크게 뜬 눈, 싱긋 웃는 얼굴, 소곤거림. "후아!" "오, 베이비." 곧 나는 지역 매니저로 치고 올라갔지. "봤지?" 제리가 말했어. "검은색은 팔린다니까. 그게 문명화된 세계의 가장 뜨거운 상품이야. 백인 여자아이들, 심지어 갈색 여자아이들도 그런 종류의 눈길을 받으려면 홀딱 벗어야만 해."

사실이든 아니든 그 말이 나를 만들었어, 다시 만들었어. 난 다르게 움직이기 시작했어—뽐내며 걷는 게 아니라, 패션쇼 무대에서처럼 골반을 내밀며 서둘러 걷는 게 아니라—큰 걸음으로, 집중해서 느릿느릿 걸었지. 남자들이 달려들었고 나는 그냥 잡혀줬어. 어쨌든 한동안은, 내 성생활이 일종의 다이어트 코크처럼 될 때까지—영양은 없고 기만적으로 달콤하다는 느낌이 들 때까지는. 그건 가상 폭력의 안전한 환희를 모방하는 플레이스테이션 게임에 가까웠고, 그만큼 짧았어. 내 남자친구들에게

는 모두 고정된 배역이 있었어. 내 사타구니를 기다리고 내 월급을 용돈같이 기다리는 미래의 배우, 래퍼, 프로 운동선수, 게으른 바람둥이. 또 이미 성공을 거두었기 때문에 나를 메달처럼, 반짝이며 자신의 용맹을 조용히 증언해주는 존재처럼 취급하는 남자들. 단 한 사람도 나에게 베풀거나, 도움을 주지는 않았어―아무도 내가 생각하는 것에는 관심이 없었고, 내가 어떻게 보이느냐에만 관심이 있었지. 나는 진지한 대화를 한다고 믿었지만, 그 남자들은 나한테 농담을 하거나 아기 같은 소리만 하다가 자존심을 지탱해줄 더 많은 소품을 찾아 다른 곳으로 떠났어. 한 데이트가 유별나게 기억이 나. 의대생이었는데 북쪽의 부모 집에 가는 데 함께 가자고 설득을 하더라고. 하지만 그가 나를 부모에게 소개하는 순간 가족을 위협하려고 나를 데려갔다는 게 분명해졌어. 나는 그 착한 백인 노부부를 협박하기 위한 수단이었던 거야.

"아름답지 않아요?" 의대생은 계속 되풀이했어. "좀 보세요, 어머니? 아버지?" 그의 눈은 악의로 번득이고 있었어.

그러나 부모는 온기―설령 꾸며낸 것이라 해도―와 매력으로 아들을 이겨냈어. 아들은 실망한 것이 분명했고, 분노를 간신히 억눌렀어. 부모는 나를 차로 기차역에 데려다주기까지 했어. 아마 그들을 향해 아들이 던진 실패한 인종주의적 농담을 내가

더 견딜 필요가 없게 해주려는 것이었겠지. 나는 안도했어, 내가 사용한 찻잔을 어머니가 어떻게 했는지는 알았지만.

그런 것이 남자들 풍경이었어.

그리고 그 사람. 부커. 부커 스타번.

지금은 그의 생각을 하고 싶지 않아. 아니, 지금은 모든 것이 얼마나 공허하고, 얼마나 하찮고 맥빠져 보이는지. 그가 얼마나 잘생겼는지 기억하고 싶지 않아. 어깨의 흉한 화상 흉터만 빼면 완벽했어. 나는 그의 황금빛 피부를 구석구석 쓰다듬고, 귓불을 빨았어. 그의 겨드랑이 털이 얼마나 보드라운지도 알지. 그의 윗 입술의 오목한 곳을 만지작거렸어. 그의 배꼽에 레드와인을 따르고 흐르는 것을 마셨어. 그의 입술이 닿았을 때 벼락 맞은 느낌이 들지 않은 곳이 내 몸에는 없어. 오, 맙소사. 우리가 사랑을 나누던 걸 되살리는 일은 그만두어야 해. 매번 얼마나 새로웠는지, 신선한 동시에 또 묘하게도 영원 같았는지 잊어야 해. 나는 음치지만 그하고 붙을 때면 노래가 나왔는데, 그러다 갑자기, "너 내가 원하는 여자 아니야" 하고는 유령처럼 사라져버리다니.

떠나가버리다니.

지워지다니.

심지어 하고많은 사람들 가운데 소피아 헉슬리까지 나를 지우다니. 죄수. 죄수가! "고맙지만 사양하겠어요" 또는 심지어 "나

가!" 하고 말할 수도 있잖아. 아니었어. 그 여자는 격분했지. 어쩌면 주먹질은 감옥식 대화인지도 몰라. 말이 아니라 부러진 뼈와 흘리는 피가 수감자의 대화인지도. 어느 게 더 나쁜 건지 모르겠네, 쓰레기처럼 버려지는 것과 노예처럼 두들겨 맞는 것 가운데.

갈라서기 전날 우리는 내 사무실에서 점심을 먹었어—바닷가재 샐러드, 스마트워터, 복숭아 슬라이스 인 브랜디. 아, 그만해. 그의 생각을 계속 할 수는 없어. 축 늘어진 채 이 방들을 돌아다니느라 내가 제정신이 아니야. 너무 많은 빛, 너무 많은 공간, 너무 외로워. 옷 좀 입고 여기서 나가야 돼. 브루클린이 계속 잔소리하던 걸 해. 선글라스와 챙이 넓은 모자 따위는 집어치우고 나 자신을 드러내는 거야, 진짜 사는 것처럼 사는 거야. 그애는 알아야 해. 그애가 실비아 주식회사를 자기 것으로 만들고 있다는 걸.

나는 세심하게 선택해. 본화이트 반바지와 홀터, 하이웨지드 로프-앤드-스트로 샌들, 베이지색 캔버스 토트백, 그리고 혹시 필요할 경우에 대비해 토트백에 면도용 솔을 넣어. 〈엘르〉 잡지와 선글라스도. 바로 두 블록 떨어진 공원, 이 시간이면 주로 개를 산책시키는 사람과 노인들이 차지하고 있을 공원에 가는 것이지만 브루클린도 좋다고 할 거야. 시간이 좀 지나면 조깅하는 사람들과 스케이트 타는 아이들이 오겠지만, 토요일에는 어머니

와 아이들은 없을 거고. 그들의 주말은 놀이 데이트, 놀이방, 놀이터, 놀이 레스토랑에 가는 날이야. 모두 달콤한 억양에 애정이 넘치는 보모가 아이를 지켜주는 곳이지.

진짜 오리들이 미끄러지는 인공 연못 근처 벤치를 골라. 그가 야생오리와 마당 새*의 차이를 묘사하던 기억을 얼른 막아보지만, 내 근육들은 그의 마사지하는 서늘한 손가락을 기억해. 〈엘르〉의 책장을 넘기며 젊고 먹음직한 것들의 사진을 훑는데 느릿느릿 자갈 밟는 소리가 들려. 고개를 들어. 입을 다문 채 손을 잡고 천천히 거니는 머리가 허연 커플의 발에서 나는 소리야. 튀어나온 배의 크기가 정확히 똑같아, 남자 배가 아래로 처지긴 했지만. 두 사람 다 무채색의 슬랙스와 앞뒤로 평화를 뜻하는 빛바랜 기호가 찍힌 헐렁한 티셔츠를 입고 있어. 개를 산책시키러 나온 십대들이 까닭 없이 킬킬거리고 개줄을 확 잡아당겨, 오랜 세월 이어지는 친밀한 삶이 부러운 것이려나. 커플은 꿈속인 듯 신중하게 움직여, 보조를 맞추며. 우주선으로 부름받은 사람들처럼 똑바로 앞을 보고 있어. 곧 우주선 문이 미끄러져 열리고 혀 같은 붉은 카펫이 펼쳐질 것 같아. 그러면 그들은 손을 잡고 자비로운 '존재'의 품으로 올라가겠지. 너무 아름다워 눈물이 흐를

---

* yardbird. 신병이나 죄수를 가리키는 속어.

것 같은 음악을 들으면서.

거기에 걸려들고 말아. 손을 잡은 커플, 그들의 소리 없는 음악에. 나도 이제 멈출 수가 없어―나는 만원을 이룬 스타디움에 돌아가 있어. 소리를 지르는 청중은 거칠고 섹시한 음악에 맞수가 되지 못해. 사람들이 통로로 잔뜩 몰려나가 춤을 춰. 긴 좌석에서 일어나 드럼소리에 맞춰 손뼉을 쳐. 내 두 팔은 음악에 맞추어 허공에서 흔들리고 있어. 엉덩이와 머리는 제멋대로 움직여. 내가 그의 얼굴을 보기도 전에 그의 두 팔이 내 허리를 감고, 내 등이 그의 가슴에 닿고, 그의 턱이 내 머리카락에 묻혀. 이어 그의 두 손이 내 배로 올라오고 나는 내 두 손으로 그의 배를 잡아. 우리는 등과 배를 맞대고 춤을 춰. 음악이 멈추자 나는 몸을 돌려서 그를 봐. 그는 미소 짓고 있어. 나는 축축하게 젖어 몸을 떨고 있고.

공원을 떠나기 전에 면도용 솔의 털을 어루만져. 부드럽고 따뜻해.

스위트니스

아, 그럼, 어렸을 때 룰라 앤을 그렇게 다룬 것 때문에 가끔 마음이 안 좋지. 하지만 이해해야 해. 나는 그 아이를 보호해야 했어. 아이는 세상을 몰랐거든. 아무리 자기가 옳다 해도 세게 나가거나 건방지게 굴면 소용이 없잖아. 학교에서 말대꾸를 하거나 싸웠다는 이유로 소년 구치소에 보내버리는 세상에서는, 채용될 때는 마지막이고 잘릴 때는 맨 처음인 세상에서는 그럴 수 없잖아. 그애는 그런 걸 전혀 몰랐고, 자신의 검은 피부 때문에 백인들이 겁을 먹거나 아니면 웃음을 터뜨리거나 놀린다는 것도 몰랐어. 한번은 룰라 앤에 비하면 검다고도 할 수 없는 여자아이를, 열 살도 안 되었을 그 여자아이를 백인 남자아이들 무리 가운데 한 명이 발을 걸어 넘어뜨리고, 일어서려고 하자 다른 아이

가 또 발로 엉덩이를 밟아 다시 납작하게 쓰러뜨리는 걸 본 적이 있어. 그 남자아이들은 터져나오는 웃음 때문에 배를 잡고 허리도 제대로 펴지 못했어. 여자아이가 가고 나서도 오랫동안 계속 낄낄거리며, 자기네 행동을 무척 자랑스러워하고 있었지. 버스 창 너머로 지켜보고 있었던 게 아니라면 그 아일 도와줬을 거야. 그 백인 쓰레기들로부터 끌고 나왔을 거야. 알겠지, 내가 룰라 앤을 제대로 훈련시키지 않았다면 그 아이는 백인 남자아이들을 피해 늘 길을 건너서 가야 한다는 걸 몰랐을 거야. 그렇게 가르친 것엔 보답을 받았어. 결국 나는 룰라 앤 때문에 공작처럼 자랑스러울 수 있었으니까. 그애가 장외홈런을 친 건 그 변태 선생들 무리─세 사람, 남자 하나 여자 둘─가 벌인 그 사건에서였어. 그애는 어렸지만 증인석에서 어른처럼 행동했어─아주 차분하고 자신감이 넘쳤지. 제멋대로인 머리를 고정해주는 건 늘 골치 아픈 일이었지만, 법정 출두를 위해 촘촘하게 땋아내리고 파란색과 하얀색이 섞인 세일러 드레스도 사 입혔어. 증인석으로 올라가다 발을 헛디뎌 넘어지지나 않을까, 말을 더듬지나 않을까, 심리학자들이 이야기한 걸 잊어버려 나를 창피하게 하지나 않을까 생각하느라 신경이 곤두섰어. 하지만 아니었지, 다행히도, 아이는 그런 죄를 지은 선생들 가운데 적어도 한 명의 목에, 말하자면 올가미를 걸었어. 그 선생들이 고발당한 죄목을 들

으면 구역질이 날 거야. 그 사람들이 어린아이들한테 얼마나 더러운 짓을 시켰는지. 신문과 텔레비전에 다 나왔어. 몇 주 동안 학교 다니는 아이를 키우건 아니건 사람들이 법원 밖에 잔뜩 모여서 소리를 질렀어. 어떤 사람들은 집에서 괴물을 죽여라라든가 악마에게 자비는 없다 같은 말을 적어서 들고 나왔지.

나는 재판이 있는 날은 대부분 쭉 자리에 앉아 있었어, 전부는 아니고, 룰라 앤이 출두하기로 예정된 날만. 많은 증인이 일정을 연기하거나 아예 나타나지 않았어. 증인들은 아프거나 마음이 바뀌었어. 룰라 앤은 겁을 먹었지만 차분한 상태를 유지했어, 안절부절못하거나 훌쩍거리는 다른 아동 증인과는 달랐지. 어떤 애들은 심지어 울기도 했어. 룰라 앤이 거기 법정과 증인석에서 제 할 일을 해낸 뒤에는 그애가 너무 자랑스러워 손을 잡고 거리를 걸었어. 어린 흑인 여자아이가 나쁜 백인들을 쓰러뜨리는 걸 보는 게 자주 있는 일은 아니잖아. 나는 내가 얼마나 기분이 좋은지 알려주고 싶어서 그애 귀를 뚫어주고 귀걸이도 사줬어— 금으로 만든 아주 작은 고리 모양이었지. 우리를 보고 집주인도 웃음을 지었어. 아이들을 위한 프라이버시 법 때문에 신문에 사진은 실리지 않았지만 소문은 다 퍼졌거든. 우리가 함께 있는 것만 보면 늘 입꼬리가 처지던 약국 남자도 룰라 앤의 용기에 대해 듣고 나서는 그애한테 클라크 바를 하나 건네줬지.

나는 나쁜 어머니가 아니었어, 그건 알아야 해. 하지만 하나뿐인 아이에게 상처를 좀 주는 일을 했을 수도 있어, 애를 보호해야 했기 때문에. 그래야만 했어. 다 피부 특권 때문이었지. 처음에는 그 검은색을 다 뚫고 어떤 아이인지 알아보고 그냥 단순하게 애를 사랑할 수가 없었어. 하지만 지금은 사랑해. 정말로 사랑해. 아이도 이제 이해할 거라고 생각해. 그렇게 생각해.

마지막으로 두 번 보았을 때 아이는, 그러니까, 눈에 확 띄었어. 대담하고 자신만만하더라고. 룰라 앤이 올 때마다 난 그애가 얼마나 검은지를 깜빡 잊어버리곤 해. 아름다운 하얀 옷을 입어 피부색을 좋게 이용하고 있어서 말이야.

내가 그동안 알고 있었어야 마땅한 교훈을 한 가지 배웠어. 아이에게 어떻게 하느냐가 중요하다는 거. 아이들은 절대 잊지 않을지도 모른다는 거. 룰라 앤은 캘리포니아에서 좋은 일자리를 얻었지만 더는 연락을 하거나 찾아오지 않아. 이따금씩 돈이나 물건을 보내지만 도대체 얼마나 오래 못 본 건지 모르겠어.

브라이드

브루클린이 레스토랑을 골라. 파이럿*, 이라는 이름인데, 어느 정도 시크하고, 한때 핫했고, 지금은 관광객들을 대상으로 간신히 버티는 곳으로 절대 쿨하다고는 할 수 없지. 지금 내가 입고 있는 하얀 민소매 시프트 원피스를 입기에는 저녁이 너무 쌀쌀하지만, 내 나아진 모습으로, 흉터가 거의 눈에 띄지 않는 이 모습으로 브루클린에게 강한 인상을 주고 싶어. 브루클린은 스스로 전형적인 '강간 후 우울증'이라고 부르는 것으로부터 나를 끌어내고 있어. 이 아이의 치료법은 인테리어가 과한 이 술집이야. 맨가슴을 강조하는 빨간 멜빵바지를 입은 남성 웨이터들이 효험

---

* 해적이라는 뜻.

이 있을 거라나. 좋은 친구야. 어떤 압박도 없어. 브루클린이 그렇게 말해. 귀엽지만 해로울 것 없는 근육질 남자들을 전시하는 거의 텅 빈 레스토랑에서 보내는 조용한 저녁일 뿐이야. 난 얘가 왜 이곳을 좋아하는지 알아. 남자들이 있는 데서 과시하는 걸 아주 좋아하거든. 오래전, 나와 만나기 전, 이애는 금발머리를 꼬아 드레드록을 만들었어. 그렇잖아도 예쁜데, 머리카락은 그렇게 꼬지 않았다면 가질 수 없었을 매력까지 보태졌지. 적어도 이애가 데이트하는 흑인 남자들은 그렇게 생각해.

우리는 애피타이저를 먹으며 회사 험담을 하지만 마히마히*가 나오자 깔깔거리는 소리는 그쳐. 도가 지나친 흔한 레시피거든. 고기가 코코넛 밀크 속에서 헤엄을 치는데다, 생강, 참깨, 마늘과 아주 작은 골파 조각으로 덮어놓기까지 했어. 밋밋한 물고기에서 감동을 자아내려고 애쓰는 셰프의 노력에 짜증이 나서 나는 저민 고기에서 모든 걸 긁어내고는 불쑥 내뱉고 말아. "휴가가 필요해. 어디 좀 가고 싶어. 크루즈 타고."

브루클린이 생글생글 웃어. "우우. 어디? 마침내, 좀 괜찮은 얘기가 나오네."

"하지만 애들은 없는 곳." 나는 말해.

---

* 식용 돌고래 고기.

"그거야 쉽지. 혹시 피지?"

"그리고 파티도 없고. 배가 불룩 나온 정착한 사람들과 함께 있고 싶어. 갑판에서 셔플보드*도 하고. 빙고도 하고."

"브라이드, 나 겁나는데." 브루클린은 냅킨으로 한쪽 입꼬리를 누르며 눈을 크게 떠.

나는 포크를 내려놔. "아니, 정말이야. 그냥 조용하게. 파도가 철썩이는 소리나 크리스털 잔에서 얼음이 녹는 소리보다 큰 소리는 나지 않는 곳으로."

브루클린이 팔꿈치를 탁자에 올리더니 두 손으로 내 손을 감싸. "오, 걸, 여전히 충격 상태로구나. 이 강간 건이 다 빠져나갈 때까지는 어떤 계획도 세우지 못하게 할 거야. 넌 네가 뭘 원하는지도 모르니까. 나만 믿어, 알았지?"

이러는 게 너무 짜증이 나. 다음에는 강간 치료사를 만나거나 피해자 집회에 참석하라고 고집을 부리겠지. 정말 지겨워. 가장 가까운 친구하고는 솔직한 이야기를 할 수 있어야 하는 거잖아. 아스파라거스 줄기 끝을 씹다가 천천히 나이프와 포크를 엇갈려 놔.**

---

* 판 위에 원반들을 얹어놓고 긴 막대를 이용해 숫자판 쪽으로 밀면서 하는 게임.
** 식사중 잠시 쉰다는 표시.

"야, 나 거짓말한 거야." 접시를 너무 세게 밀어내는 바람에 남아 있던 애플 마티니가 쏟아져. 냅킨으로 조심스럽게 훔치고 마음을 가라앉힌 다음, 이제 하려고 하는 말이 정상적인 목소리로 들리도록 애를 써. "내가 거짓말했어, 걸프렌드. 너한테 거짓말했어. 아무도 나를 강간하려 하지 않았어. 똥을 싸도록 나를 팬 건 여자였어. 내가 도와주려고 했던 사람이지, 맙소사. 나는 도우려고 했는데 그 여자는 할 수만 있다면 나를 죽이려 했다니까."

브루클린은 입을 떡 벌리고 나를 보다가 눈을 가늘게 떠. "여자? 어떤 여자? 누군데?"

"너는 몰라."

"너도 모르네, 분명해."

"전엔 알았어."

"브라이드, 그런 식으로 조각조각 내놓지 마. 완전하게 한 접시를 달라고, 제발." 브루클린은 머리카락을 귀 뒤로 넘기고 강렬한 눈길을 나에게 고정해.

이야기를 하는 데는 아마 삼 분 정도 걸렸을 거야. 내가 2학년짜리 어린아이였을 때 본관 옆의 유치원 건물에 있는 어떤 선생님이 학생들에게 어떻게 지저분한 짓을 했는지.

"이건 못 듣겠는데." 브루클린이 말해. 그리고 포르노와 마주한 수녀처럼 눈을 감아버려.

"한 접시 완전하게 달라며." 내가 말해.

"알았어, 알았어."

"음, 그 여자는 붙잡혔고, 재판을 받았고, 감옥에 갔어."

"알았어. 그런데 뭐가 문제야?"

"내가 증언을 했어."

"더 좋네. 그런데?"

"내가 손가락으로 가리켰어. 증인석에 앉아서 그 여자를 손가락으로 가리켰어. 그 여자가 그러는 걸 봤다고 말했지."

"그런데?"

"그 여자를 감옥에 집어넣었어. 이십오 년형을 때리더라고."

"좋네. 그걸로 끝, 아냐?"

"음, 아냐, 끝이라고 할 수 없어." 나는 안절부절못하며 얼굴뿐 아니라 네크라인도 매만져. "이따금씩 그 여자 생각을 했어, 알아?"

"으흠. 말해봐."

"음, 그 여자는 딱 스무 살이었어."

"맨슨 여자들*도 그랬지."

"이제 몇 년이면 마흔이 되는데, 아마 친구가 없을 거라고 생

---

* 1960년대에 살인범 찰스 맨슨과 함께 살인을 한 여자들.

각했어."

"가엾은 것. 싸구려 술집에 강간할 아이들이 없다니. 짜증나네."

"내 얘기 안 듣고 있구나."

"당연히 안 듣고 있지." 브루클린이 테이블을 철썩 때려. "너 미쳤어? 그 암컷 악어가 누구야? 연못 위의 더께 같은 인간이라는 건 알겠으니 그건 됐고. 너하고 친척이야? 도대체 뭐야?"

"아니."

"그럼?"

"그냥 그 긴 세월이 흘렀으니 그 여자가 슬플 거라고, 외로울 거라고 생각했어."

"숨은 쉬고 있잖아. 그 여잔 그것만으로도 충분한 거 아냐?"

이래선 소용이 없어. 어떻게 이애가 이해하기를 기대할 수 있을까? 나는 웨이터에게 손짓을 해. "한 잔 더요." 그렇게 말하며 빈 잔을 향해 고개를 끄덕여.

웨이터는 눈썹을 치켜세우고 브루클린을 봐. "난 됐어, 쿠키. 나는 차갑고 말짱한 정신이어야 하거든."

웨이터는 그녀에게 특수 접착제를 바른 반짝이는 치아를 한껏 드러내며 킬러 스마일을 던져.

"야, 브루클린, 나도 내가 왜 거기 갔는지 모르겠어. 내가 아는 건 계속 그 여자 생각을 했다는 것뿐이야. 데카곤에서 보낸 그

모든 세월 동안 말이야."

"그 여자한테 편지를 썼어? 면회 갔어?"

"아니. 딱 두 번 봤어. 재판 때 한 번, 그리고 이 일이 일어났을 때 한 번." 나는 내 얼굴을 가리켜.

"이런 멍청한 년!" 브루클린은 정말로 내가 역겨운가봐. "네가 그 여자를 철창 뒤에 처넣었잖아! 당연히 그 여자는 널 엉망으로 만들고 싶어하지."

"전에는 그렇지 않았어. 상냥하고, 재미있고, 차분하고, 친절했어."

"전에? 전에 뭐? 두 번 봤다고 했잖아—재판 때랑 네 얼굴에 자수를 놓았을 때. 그럼 그 여자가 애들을 만지작거릴 때 본 건 뭐야? 네 말로는……"

웨이터가 술을 들고 와 몸을 기울여.

"그래." 나는 짜증이 나고 그게 드러나. "세 번이야."

브루클린이 입꼬리에 혀를 내밀어. "말해봐, 브라이드, 그 여자가 네게도 치근거렸어? 나한테는 말할 수 있잖아."

이런. 얘는 무슨 생각을 하는 거지? 내가 숨겨진 레즈비언이라는 거야? 사실상 바이, 스트레이트, 트래니, 게이* 또 자신의 외

---

* 각각 양성애자, 이성애자, 성전환자, 동성애자를 가리킨다.

모를 진지하게 받아들인 사람들이 운영하는 회사에서. 요즘에 숨기는 게 무슨 의미가 있겠어?

"오, 걸, 멍청한 소리 하지 마." 내가 쿨-에이드를 흘리거나 러그에 걸려 넘어졌을 때 스위트니스가 늘 짓던 표정으로 브루클린을 노려봐.

"알았어, 알았어." 브루클린이 손사래를 쳐. "웨이터, 허니, 마음이 바뀌었어요. 벨베디어. 락스. 더블로."

웨이터가 윙크를 해. "갖다드리고말고요." 발음을 슬쩍 불분명하게 흘리는 품이 여기가 사우스다코타였다면 싹수 있는 전화번호 하나쯤 손에 쥘 수 있었겠어.

"날 좀 봐, 걸프렌드. 생각해보라고. 뭣 때문에 그 여자를 그렇게 안쓰러워하는 거야? 정말 왜 그래?"

"모르겠어." 고개를 저어. "그냥 내 마음이 개운해지기를 바랐던 것 같아. 또 그 여자가 그렇게 일회용처럼 처리되지 않기를. 소피아 헉슬리―그게 그 여자 이름인데―그 이름밖에 생각할 수 없었어. 어떤…… 조건이 붙지 않은 우호적인 무언가에 감사할 사람이라고 생각했지."

"이제 알겠어." 브루클린이 안도한 표정으로 나를 보고 웃음을 지어.

"안다고? 정말?"

"확실해. 그 녀석이 떠나고, 너는 소똥 같은 기분이고, 네 마력을 되찾으려고 했는데, 그게 망해버린 거야, 그치?"

"그래. 대충. 그런 것 같아."

"그러니까 우리가 그걸 고치는 거야."

"어떻게?" 뭘 해야 하는지 아는 사람이 있다면, 그건 브루클린이야. 바닥을 치게 되면, 얘가 늘 하는 말이야, 선택해야 한다―그대로 누워 있거나 튀어오르거나. "우리가 어떻게 고쳐?"

"음, 빙고가 없는 건 아니네." 브루클린은 흥분했어.

"그럼 뭔데?"

"블링고!"* 그애가 소리쳐.

"불렀나요?" 웨이터가 묻는다.

이 주 뒤, 약속한 대로, 브루클린은 축하 모임을 조직해―유, 걸을 만들고 이 브랜드를 둘러싼 그 모든 흥분을 일으키는 데 기여한 존재인 내가 주요 볼거리인 점심 전 파티야. 장소는 고급 호텔, 그런 것 같아. 아니, 잘난 척하는 놈들이 다니는 박물관이네. 사람들이 한 무리 기다리고 있고 리무진도 한 대 대기중이

---

* 화려하게 번쩍거린다는 뜻의 bling과 bingo를 합친 말.

야. 내 머리 그리고 드레스는 완벽해. 다이아몬드 같은 장신구들이 내 가운의 하얀 레이스에서 반짝거리고, 가운은 꼭 끼면서 내려오다가 발목에서 인어 같은 주름으로 펼쳐져. 흥미로운 곳들은 투명하고 다른 곳들—젖꼭지와 배꼽 저 아래 벌거벗은 삼각형—은 가려져 있어.

이제 남은 건 귀걸이를 고르는 것뿐이야. 진주 귀걸이는 잃어버려서 일 캐럿짜리 다이아몬드를 골라. 수수해, 번쩍이지 않고, 시선을 자기 쪽으로 빼앗지도 않아, 제리가 나의 블랙커피와 휘핑크림 팔레트라고 부르는 것으로부터. 눈 속의 흑표범으로부터.

맙소사. 이게 뭐야? 귀걸이. 들어가지를 않아. 백금으로 된 스템이 귓불에서 계속 미끄러져내려. 귀걸이를 살펴봐—잘못된 건 없는데. 귓불을 꼼꼼히 살피다 작은 구멍들이 사라진 걸 알게 돼. 말도 안 돼. 여덟 살 때부터 뚫고 다녔는데. '괴물'에게 불리한 증언을 한 뒤 스위트니스가 가짜 금으로 만든 작은 고리 모양 귀걸이를 선물로 줬거든. 그 이후로 클립식은 껴본 적이 없어. 한 번도. 진주 귀걸이, 보통은 그걸 껴, 나의 '인간 전체' 디자이너의 말을 무시하고 말이야. 그리고 가끔, 지금처럼, 다이아몬드. 잠깐. 이건 불가능해. 이렇게 오랜 세월이 흘렀는데 숫처녀 귓불을 갖게 되다니, 바늘이 닿지 않은, 아기의 엄지처럼 부드러운 귓불을. 혹시 성형수술 때문일까, 아니면 항생제 부작용? 하

지만 그건 몇 주 전이잖아. 나는 떨고 있어. 면도용 솔이 필요해. 전화벨이 울리고 있어. 솔을 꺼내 가슴골을 가볍게 쓰다듬어. 아찔해져. 전화벨이 계속 울려. 좋아, 보석도 떼고, 귀걸이도 하지 않아. 수화기를 들어.

"브라이드 양. 기사가 왔습니다."

자는 척하면 그냥 꺼져버릴지도 몰라. 이 남자가 누구든, 마주 보고 잡담을 하거나 거짓으로 섹스 후 포옹을 할 수는 없어, 게다가 섹스는 전혀 기억도 나지 않는데. 남자는 내 어깨에 가볍게 입을 맞추고, 손가락으로 머리카락을 만지작거려. 나는 꿈을 꾸듯 웅얼거리지. 웃음은 짓지만 난 계속 눈을 감고 있어. 남자는 이불을 들썩이더니 욕실로 들어가. 나는 슬며시 귓불에 손을 대봐. 매끈해. 여전히 매끈해. 파티에서는 줄곧 찬사를 받았어 ─ 얼마나 아름다운지, 얼마나 예쁜지, 정말 핫하다, 정말 사랑스럽다, 모두 그렇게 말하지만 귀걸이가 없는 것에는 아무도 의문을 품지 않아. 그게 이상하다는 생각이 들어, 왜냐면 난 연설, 시상, 만찬, 춤이 진행되는 동안 내내 내 아기 엄지 같은 귓불에 너무나 마음을 빼앗겨 집중을 할 수가 없거든. 그래서 두서없이 감사 연설을 하고, 지저분한 농담에 지나치게 오래 웃고, 동료들과

함께 대충대충 대화를 이어나가고, 우아하게 감당할 수 있는 수준의 서너 배나 되는 술을 마셔. 싱글 라인을 하고*, 그다음엔 프롬 퀸에 뽑히려고 캠페인을 하는 철딱서니 없는 고등학생처럼 추파를 던지고, 그 결과 누군지도 모르는 이 남자를 침대에 끌어들여. 나는 내 입안에서 어떤 맛이 나는지 확인하며, 머릿속에서 돌아가고 있는 영화가 나 혼자 찍은 것이기를 바라. 하느님, 감사합니다. 침대 기둥에 수갑이 대롱대롱 매달려 있지는 않네.

남자는 샤워를 끝내고 다시 턱시도를 입으며 내 이름을 불러. 대답하지 않아, 보지도 않아. 그냥 베개를 당겨서 머리를 덮어. 그게 재미있는지 그가 낄낄거리는 소리가 들려. 커피를 만드느라 부엌에서 달가닥거리는 소리에 귀를 기울여. 아니, 커피가 아니네. 커피라면 냄새가 날 텐데. 뭔가 따르고 있어―오렌지주스? V8 주스? 김빠진 샴페인? 냉장고에 있는 건 그게 전부인데. 정적, 그리고 걷는 소리. 제발, 제발 그냥 가. 침실 스탠드에서 딸깍 하는 소리가 들리고 이어서 현관문이 열렸다 닫히는 소리가 들려. 베개 밑으로 슬며시 살피니 시계 옆에 네모나게 접은 종이가 보여. 전화번호야. 기막혀. 그리고 이름도. 안도감으로 몸이 축 늘어져. 직원은 아니구나.

---

* 한 줄로 놓인 가루 코카인을 흡입한다는 뜻.

욕실로 달려가서 쓰레기통을 들여다봐. 고맙습니다, 예수님. 쓰고 버린 콘돔 하나. 샤워 글라스에는 김의 흔적이 남아 있지만 그 옆의 약장 거울은 깨끗하게 반짝거리며 내가 어젯밤에 본 것을 보여줘―태어나던 날만큼이나 순결한 귓불. 그러니까 정신 이상이란 바로 이런 거야. 얼빠진 행동을 하는 게 아니라, 내가 알던 세계에 일어난 갑작스러운 변화를 지켜보는 것. 면도용 솔과 비누가 필요해. 겨드랑이에 털이 하나도 없지만 어쨌든 비누 거품을 내. 이제 다른 쪽 겨드랑이. 거품을 내고 면도를 하면 차분해지고, 감사하는 마음이 생겨서 이런 작은 기쁨이 필요할지도 모르는 다른 곳들이 떠오르기 시작해. 어쩌면 외음부. 이미 털은 없지만. 거기에 면도날을 갖다대는 건 너무 까다로울까? 까다로워. 그래.

차분해지자, 다시 침대로 가서 시트 밑으로 미끄러져들어가. 몇 분 지나니 욱신거리는 통증으로 머리가 폭발해. 일어나서 바이코딘 두 알을 찾아 삼켜. 약효가 있기를 기다리는 동안은 생각들이 이어지고 뒤를 쫓고 서로 물게 내버려두는 것 말고는 할 수 있는 일이 없어.

나한테 무슨 일이 일어나고 있는 걸까?

내 인생은 무너지고 있어. 난 이름도 모르는 남자들과 자고 하나도 기억하지 못해. 무슨 일일까? 나는 젊어. 성공했고 예뻐. 정

말 예뻐, 그럼 됐잖아! 스위트니스. 그런데 나는 왜 이렇게 비참할까? 그가 떠났기 때문에? 나는 할 일이 있고 그 일을 잘해. 나 자신이 자랑스러워. 정말 자랑스러워. 하지만 바이코딘과 숙취 때문에 과거의 그렇게 자랑스럽지 못한 쓰레기가 계속 떠올라. 그런 것들은 다 극복하고 앞으로 나아갔는데. 심지어 부커도 그렇게 생각했잖아, 안 그래? 나는 그에게 속을 털어놓았어. 모든 걸 얘기했어. 모든 두려움, 모든 상처, 모든 성취, 아무리 작은 거라도. 그에게 이야기하는 동안 내가 묻어놓았던 것들이 마치 처음 보는 것처럼 생생하게 떠올랐어—스위트니스의 침실은 늘 불이 켜지지 않은 것 같았다는 것. 나는 스위트니스의 화장대 옆 창을 열어. 화장대에는 여자 어른의 물건들이 가득해. 핀셋, 면봉, 둥근 러키 레이디 페이스 파우더 상자, 파란 미드나잇 인 파리 화장수 병, 아주 작은 잔 받침 안에 놓은 헤어핀, 티슈, 눈썹연필, 메이블린 마스카라, 타부 립스틱. 짙은 빨간색인데, 조금 발라봐. 내가 화장품 업계에 있는 건 놀랄 일이 아니야. 틀림없이 스위트니스의 화장대에 있던 그 모든 물건을 묘사하다가 그에게 그 다른 일 이야기를 하게 되었을 거야. 그 일에 관한 모든 걸. 열린 창으로 고양이 울음소리를 듣던 것, 그게 얼마나 고통스럽게 들렸는지, 아니, 무섭게 들렸는지. 나는 내다봤어. 건물 지하로 통하는 담을 친 구역 아래쪽에 고양이가 아니라 남자가 있는 게

보였어. 그는 자신의 털이 많은 하얀 두 허벅지 사이에 낀 어린 아이의 짧고 통통한 다리들 위로 몸을 기울이고 있었어. 그 남자아이는 작은 두 손을 주먹 쥐고 있었는데, 펼쳤다가 오므렸다가 했어. 아이의 울음은 약했고, 끽끽거렸고, 고통이 가득했어. 남자의 바지는 발목까지 내려가 있었어. 나는 창틀에 몸을 기대고 바라봤어. 남자는 집주인 리 씨처럼 붉은 머리였지만, 나는 그게 리 씨일 리 없다고 생각했어, 집주인이 엄하기는 했어도 지저분하지는 않았거든. 매달 첫째 날 정오 전에 현금으로 집세를 낼 것을 요구했고 오 분만 늦게 문을 두드려도 연체료를 받았지. 스위트니스는 집주인을 무척 무서워해서 내게 아침에 만사 제치고 돈부터 갖다주라고 했어. 그때는 모르던 걸 이젠 알아—리 씨와 맞서는 건 다른 아파트를 찾아봐야 한다는 뜻이라는 거. 또다른 안전한 동네, 그러니까 인종이 섞여 사는 동네에서 아파트를 찾는 건 어려운 일이라는 거. 그래서 내가 본 걸 얘기하자 스위트니스는 격분했어. 우는 어린아이 때문이 아니라 그 이야기를 퍼뜨리는 것에. 스위트니스는 작은 주먹이나 털이 무성하고 커다란 허벅지에는 관심이 없었어. 우리 아파트를 그대로 유지하는 데에만 관심이 있었어. 스위트니스는 말했어. "절대 한마디도 하지 마. 아무한테도. 내 말 들었지, 룰라? 잊어버려. 단 한마디도 하지 마." 그래서 나머지 이야기는 무서워서 하지 않았어—내가

소리도 내지 않고 창틀에 매달려 지켜보기만 했는데 무슨 까닭인지 그 남자가 고개를 들었다는 이야기는. 그리고 그 남자는 리 씨였다는 거. 리 씨는 바지 지퍼를 올리고 있었고 아이는 그의 장화 사이에 엎드려 훌쩍거리고 있었어. 리 씨의 표정 때문에 무서웠지만 난 움직일 수 없었어. 그때 리 씨가 외치는 소리가 들렸어. "야, 거기 조그만 깜둥이 년! 그 창문 닫고 거기서 꺼져 씨발!"

부커에게 이 이야기를 할 때 나는 처음에는 웃음을 터뜨렸어. 이 모든 것이 그냥 하찮은 일이었던 것처럼. 그러다 눈이 뜨거워지는 게 느껴졌어. 눈물이 고이기도 전에 그는 팔오금으로 내 머리를 안고 턱을 머리카락 속으로 밀어넣었어.

"아무한테도 얘기한 적이 없어?" 그가 물었어.

"아무한테도." 나는 말했어. "너한테만 한 거야."

"이제 다섯 명이 아네. 그 아이, 그 괴물, 너희 어머니, 너, 그리고 이제 나. 다섯 명이 두 명보다는 낫지만 그래도 오천은 되어야 해."

그는 내 얼굴을 자기 쪽으로 들어올리고 키스를 했어. "그 아이를 다시 본 적 있어?"

그런 것 같지 않다고, 아이가 땅바닥에 엎드려 있었기 때문에 얼굴을 보지 못했다고 말했어. "내가 아는 건 그애가 갈색 머리 백인이라는 것뿐이야." 그러다 펼쳤다가 오므리고, 크게 펼쳤다

가 다시 꽉 오므리던 그 조그만 손가락들이 떠오르면 흐느끼지 않을 수 없었어.

"괜찮아, 베이비, 넌 다른 사람의 악에 책임이 없어."

"알아, 하지만……"

"하지만은 없어. 고칠 수 있는 것은 고치고, 고칠 수 없는 것에서는 배워."

"뭘 고쳐야 하는지 항상 알 수 있는 건 아냐."

"아니, 알 수 있어. 생각해. 우리가 아무리 무시하려 해도 정신은 늘 진실을 알고 모든 게 분명해지기를 원해."

우리가 나눈 가장 좋은 대화로 꼽을 만했어. 나는 큰 안도감을 느꼈지. 아니. 그 이상이었어. 누군가 나를 마무른 느낌, 안전하다는 느낌, 누군가에게 소유된 느낌이 들었어.

지금과는 다르지. 세상에서 가장 비싼 면 시트 사이에서 몸을 비비 꼬고 뒤척이는 지금과는. 아파서, 멋진 침실에서 안절부절못한 채 다시 바이코딘이 효과가 있기를 기다리며 무시무시한 생각들을 멈추지 못하는 지금과는. 진실. 분명함. 그 법정에서 내 검지가 가리키고 있었던 것이 집주인이었다면? 그 교사가 고발당한 건 리 씨가 한 것과 비슷한 행동 때문이었어. 그때 나는 내 머릿속의 리 씨를 가리키고 있었던 걸까? 그의 더러움이나 나에게 퍼붓는 욕을? 나는 여섯 살이었고 전에는 '깜둥이'나 '년'

같은 말을 들어본 적이 없었지만 그 말 속의 증오와 혐오를 느끼는 데는 달리 정의를 해줄 필요가 없었어. 나중에 학교에서 나를 향해 다른 욕—정의는 잘 모르지만 의미는 분명한 욕—을 작지만 날카로운 목소리로 소곤거리거나 크게 외칠 때와 마찬가지였지. 쿤. 톱시. 클링커톱. 삼보. 우가 부가.* 원숭이 소리와 동물원 원숭이를 흉내내 옆구리를 긁는 행동. 어느 날은 여자아이 한 명과 남자아이 세 명이 내 책상에 바나나를 잔뜩 쌓아놓고 원숭이 흉내를 냈어. 그애들은 나를 별종, 백지 위에 흘린 잉크 자국처럼 낯설고 더러운 별종으로 여겼지. 하지만 스위트니스가 리 씨에 관해 나에게 주의를 주었을 때와 같은 이유로 선생님한테는 이야기하지 않았어—정학, 아니면 심지어 퇴학을 당할 수도 있었으니까. 그렇게 욕설과 괴롭힘이 독처럼, 치명적인 바이러스처럼 내 핏줄을 타고 흐르도록 내버려두었어, 쓸 수 있는 항생제가 없는 바이러스. 지금 생각해보면 사실 그건 좋은 일이었어, 면역력이 아주 강해져서 그저 '깜둥이 소녀'에서 벗어나는 것 이상을 원하게 되었으니까. 나는 키스하고 싶은 입술을 갖기 위해 보톡스를 맞거나 시체 같은 창백함을 감추기 위해 태닝 스파에 갈 필요가 없는 진한 검은색 미녀가 되었어. 엉덩이에 실리콘도

---

* 모두 흑인을 비하해 부르는 말들.

필요 없지. 나는 유년의 그 모든 유령에게 내 우아한 검은색을 팔았고 이제 그들이 내게 값을 치르고 있어. 솔직히 말해서, 그렇게 괴롭히던 아이들—진짜로 괴롭히던 아이들 그리고 그애들과 비슷한 다른 아이들—이 나를 보고 부러워하며 침을 흘리는 것은 복수 이상이야. 영광이지.

오늘은 월요일이야. 아니 화요일인가? 어쨌든 이틀 동안 침대를 들락거리고 있어. 귓불 걱정은 그만둬. 언제든 다시 뚫을 수 있으니까. 브루클린이 전화해서 회사일을 계속 알려줘. 휴가 연장을 요청해서 허락을 받았어. 이제 브루클린이 지역 매니저를 '대리'하고 있어. 잘된 거지. 나를 데카곤의 재앙으로부터 끌어내고, 며칠 동안 돌봐주고, 내 재규어를 돌려받게 해주고, 청소하는 사람들을 고용하고, 성형외과 의사를 고른 것만으로도 그럴 자격이 있어. 심지어 집안일을 하던 로즈도 잘랐어, 내가 그 여자 꼴을 더 두고 볼 수가 없었기 때문에—뚱뚱하고, 멜론 같은 가슴에 수박 같은 둔부. 브루클린이 없었다면 나는 치유되지 못했을 거야. 하지만 그애 전화가 점점 줄어들고 있어.

브루클린

나는 그 남자가 약탈자라고 생각했어. 나는 춤추는 사람들이 아무리 거칠어도 상관하지 않아. 하지만 알지도 못하는 상대를 그렇게 뒤에서 붙들 수는 없는 거잖아. 그런데도 걔는 전혀 개의치 않더라고. 그가 자길 꽉 움켜쥐고 마구 비벼대는 걸 그냥 놔뒀어, 그 남자에 관해 아무것도 모르면서. 지금도 몰라. 하지만 나는 알지. 지하철 출입구에 모여 있는 누더기 입은 루저들과 함께 있는 걸 봤거든. 구걸하면서, 맙소사. 그리고 한번은 도서관 계단에 널브러져 있는 걸 분명히 봤어. 경찰이 비키라고 하지 못하게 책을 읽는 척하면서. 또 한번은 커피숍 테이블에 앉아 공책에 뭘 쓰고 있는 걸 봤어, 진지해 보이려고 애쓰면서, 뭔가 중요한 할 일이 있는 사람처럼 말이야. 브라이드의 아파트에서 멀지

않은 동네에서 정처 없이 걷는 걸 본 적이 있는데, 그것도 틀림없이 그 남자였을 거야. 거기서 뭘 하고 있었을까? 다른 여자를 만나러? 브라이드는 그 남자가 뭘 하는지, 직업이 뭔지, 직업이 있기나 하다면, 말한 적이 없었어. 그런 신비감이 좋대. 거짓말쟁이. 걔는 섹스를 좋아했어. 완전 중독이야, 내가 잘 알아, 정말로. 우리 셋이 함께 있을 때면 걔는 뭔가 달랐어. 자신만만했어, 그렇게 궁해 보이지도 않았고, 끊임없이, 노골적으로 찬사를 졸라대지도 않았지. 그 남자와 함께 있으면 그앤 은은하게 반짝였어, 하지만 좀 조용한 느낌으로. 모르겠어. 그래, 잘생긴 남자인 건 맞아. 그래서 뭐? 시트 사이에서 한번 발정하는 거 외에 달리 줄 수 있는 게 뭐가 있었을까? 자기 이름 앞으로 동전 한 닢 없는 주제였는데.

브라이드한테 경고를 할 수도 있었어. 스컹크가 냄새를 남기고 떠나듯이 그 남자가 그앨 떠났다 해도 나는 조금도 놀라지 않아. 내가 아는 걸 알았다면 걔는 그 남자를 내쫓았을 거야. 어느날 그냥 재미 삼아 그 남자와 밀당을 해봤거든, 유혹을 하려고 해봤어. 그러니까, 걔 침실에서 말이야. 브라이드한테 갖다줄 게 있었어, 포장 상자 실물 크기 모형이었지. 나한테 열쇠가 있어서 그냥 문을 열고 들어갔어. 그애 이름을 부르니까 그 남자가 대답하더라. "없는데요." 난 침실로 들어갔어―그 남자가 침대에 누

워 책을 읽고 있었어. 그것도 벌거벗고, 시트를 허리까지 덮고 있기는 했지만 말이야. 충동적으로, 정말 충동이었어, 들고 간 걸 아래로 던지고, 구두를 차서 벗어던지고, 이어서 포르노 비디오에서처럼 나머지 옷들도 천천히 벗었어. 옷을 벗는 동안 그는 나를 꼼꼼히 지켜보면서 한마디도 하지 않았고 그래서 내가 계속 있기를 바란다는 걸 알 수 있었어. 나는 절대 속옷을 입지 않았기 때문에 청바지 지퍼를 내리고 걷어차버렸을 때는 갓난아기처럼 벌거벗고 서 있었어. 그 남자는 그냥 바라보기만 했고, 내 얼굴만, 그것도 아주 강렬하게 봤기 때문에 나는 눈을 깜빡였어. 머리카락을 만지작거리다가 그가 있는 곳으로 갔어, 시트 사이로 미끄러져들어갔지. 그의 가슴을 팔로 끌어안고 거기에 가볍게 몇 번 키스했어. 책을 치우더라고.

키스를 하는 중간중간 소곤거렸지. "당신 정원에 다른 꽃이 있음 좋지 않겠어?"

그 남자가 말했어. "무엇이 정원을 자라게 하는지 정말 알기는 해?"

"알고말고." 나는 말했어. "돌봐주는 거지."

"그리고 거름이야." 그러더라고.

나는 팔꿈치에 기대 몸을 일으키고 그 남자를 노려봤어. 나쁜 새끼. 그 남자는 웃지 않았지만 나를 밀어내지도 않았어. 나는

침대에서 뛰어내려 최대한 빨리 옷가지들을 집어들었어. 심지어 내가 옷을 입는 걸 지켜보지도 않더라고, 비열한 놈. 그는 다시 책을 읽었어. 내키기만 했다면 그 남자가 나와 사랑을 나누게 할 수도 있었을 거야. 정말로 그럴 수 있었을 거야. 어쩌면 그렇게 갑자기 들이대지 말았어야 하는 건지도 몰라. 혹시 속도를 좀 줄였다면, 늦추었다면. 천천히 다가갔다면.

뭐, 어쨌든, 브라이드는 자신의 연인이었던 남자에 관해 아무것도 몰라. 하지만 나는 알지.

브라이드

이해가 안 가. 대체 뭐하는 인간이야? 다른 더플백과 함께 버리기로 결심한 더플백에도 또 책이 잔뜩 들어 있어. 독일어 책한 권, 시집 두 권, 하스라는 이름을 가진 사람이 쓴 책 한 권과 내가 들어본 적도 없는 다른 작가들이 쓴 페이퍼백 몇 권.

맙소사. 나는 그를 안다고 생각했어. 대학 학위가 있다는 건알고 있어. 그걸 알려주는 티셔츠도 있지만, 그의 삶 가운데 그부분에 관해서 생각해본 적은 없었어. 사랑을 나누는 것과 그가나를 완전히 이해한다는 것 말고 우리 관계에서 중요한 건 함께재미있게 노는 거였으니까. 다른 커플들이 부러워하는 시선으로 우리를 지켜보는 가운데 클럽에서 춤추는 거, 친구들과 보트를 타러 가고, 해변에 나가 빈둥거리는 거. 그런데 이런 책들을

발견하게 되니 내가 그에 관해 얼마나 아는 게 없었는지가 드러나. 그가 다른 사람이었다는 거, 내게 한 번도 이야기하지 않은 것들을 생각하는 사람이었다는 거. 그래, 우리 대화는 주로 나에 관한 것이었지만, 다른 남자들과 얘기를 할 때처럼 농담으로 가득차 있거나 비꼬는 대화가 아니었어. 그런 남자들과는 내가 아양을 떨거나 그들 쪽에서 일방적으로 자기 얘기를 하는 경우가 아니면 죄다 불화, 논쟁, 결별로 가곤 했지. 부커에게 했던 것처럼 그 남자들에게 내 유년을 묘사하는 건 절대 불가능한 일이었을 거야. 그래, 부커가 나한테 이야기를 길게 한 적이 몇 번 있기는 했지만, 내밀한 이야기는 없었어—차라리 강의에 가까웠지. 한번은 해변에서 의자에 길게 늘어져 있는데 캘리포니아의 물의 역사에 관해 이야기하기 시작했어. 약간 지루했지, 그래, 그래도 꽤 흥미로웠어. 결국 잠이 들고 말았지만.

내가 회사에 있는 동안 그가 무슨 일을 하는지는 몰랐고 물어본 적도 없어. 그가 나를 좋아하는 건 무엇보다 내가 그의 과거에 관해 절대 캐지도 잔소리하지도 묻지도 않는 것 때문이라고 생각했어. 그의 사생활은 그에게 맡겨두었어. 그것으로 내가 그를 얼마나 신뢰하는지 보여준다고 생각했지—내가 끌리는 것은 그 사람이지 그가 하는 일이 아니라는 거. 내가 아는 여자애들은 모두 자기 남자친구를 변호사나 예술가, 클럽 주인이나 중

개인 등등으로 소개해. 그 여자친구들이 사모하는 건 남자가 아니라 일이야. "브라이드, 여기 스티브야. 변호사인데 일하는 곳은……" "나는 기막히게 멋진 영화제작자와 데이트하고 있어……" "조이는 CFO인데 일하는 회사는……" "내 남친이 그 TV쇼에서 역을 맡았어……"

그러지 말았어야 했어—그러니까, 그를 신뢰하지 말았어야 했다고. 나는 그에게 속을 다 털어놓았어. 하지만 그는 자신에 관해서는 한마디도 하지 않았지. 나는 이야기했고 그는 들었어. 그러다가 그는 관계를 깨버렸어. 한마디 말도 없이 떠나버렸어. 나를 조롱하고, 소피아 헉슬리가 한 것과 똑같이 나를 차버렸어. 둘 다 결혼 이야기는 하지 않았지만 나는 정말로 나의 남자를 발견했다고 생각했어. "너 내가 원하는 여자 아니야"는 내가 듣게 될 거라고는 전혀 예상하지 못했던 말이었어.

며칠, 몇 주에 걸쳐 날아온 우편물이 내 문 옆 탁자에 있는 바구니에 들어차 있어. 좀 씹을 것을 찾아 냉장고를 뒤진 다음 우편물 더미를 살펴봐야겠다고 마음먹어—세상 모든 자선단체의 돈을 달라는 호소, 은행, 상점, 망해가는 업체의 선물 약속은 내던져버려. 1급 우편물은 딱 두 개네. 하나는 스위트니스가 보낸 거야. "안녕, 허니" 하고 난 다음에 의사들이 했다는 조언을 늘어놓고 평소와 마찬가지로 돈을 보내라는 암시를 하고 있어. 다

른 하나는 17번가 살바토어 폰티가 부커 스타번에게 보낸 거야. 봉투를 찢으니 청구 독촉장이 나와. 기한이 지난 68달러. 청구서를 버려야 할지 아니면 가서 폰티 씨가 68달러를 받고 뭘 해줬는지 확인해야 할지 모르겠어. 마음을 정하지 못하고 있는데 전화벨이 울려.

"야, 어땠어? 어젯밤. 기가 막혔지, 응? 넌 죽여줬어, 평소와 마찬가지로." 브루클린은 말하는 사이에 뭘 쩝쩝거려. 칼로리 제로, 에너지 가득, 다이어트 지원, 인공 풍미, 크림 많고, 착색을 한 무언가일 거야. "파티 끝나고 간 모임은 끝내주지 않았어?"

"맞아." 내가 대답해.

"자신 없는 목소리네. 함께 떠난 남자가 로저스 씨*였어 아니면 슈퍼맨이었어? 그나저나 도대체 누구야?"

침대 맡 탁자로 가서 메모를 다시 봐. "필 뭐라는데."

"어땠어? 나는 빌리하고 로코에 갔어. 우리는……"

"브루클린, 여길 떠나야겠어. 어디 멀리로."

"뭐? 지금 말이야?"

"우리 어디 가는 크루즈 얘기를 하지 않았나?" 투덜대는 목소리야, 나도 알아.

---

* 취학 전 아이들을 위한 방송 진행으로 유명한 미국의 방송인.

"그랬지, 물론. 하지만 유, 걸이 배송을 시작한 뒤에. 사은품 세트 샘플도 들어와 있고 광고 쪽 애들이 아주 멋진 아이디어를 몇 개 내서……"

브루클린이 계속 지껄여대서 내가 말을 잘라. "야, 나중에 전화할게. 숙취가 좀 있나봐."

"그렇겠지." 브루클린이 깔깔거려.

전화를 끊을 때는 폰티 씨가 누구인지 확인해봐야겠다는 결심이 서 있어.

소피아

나는 아이들 근처에 가는 것이 허락되지 않는다. 가석방을 받은 뒤 나의 첫 직업은 자택 요양 보호사였다. 나한테 맞는 일이었다. 내가 돌봐주는 부인이 착했기 때문이다. 심지어 내가 도와주는 걸 고마워하기까지 했다. 그리고 소음과 많은 사람들로부터 멀리 떨어져 있다는 것도 마음에 들었다. 데카곤은 시끄러웠고, 학대를 당하는 여자들과 눈곱만큼도 관심 없는 간수들로 가득했다. 데카곤으로 이감되기 전, 브룩헤이븐에서의 첫번째 주에 재소자가 음식 접시를 바닥에 떨어뜨렸다는 이유만으로 벨트로 뒤통수를 얻어맞는 것을 보았다. 간수는 그 여자가 네 발로 기며 그것을 먹게 했다. 여자는 먹으려 했지만 토하기 시작했고, 간수들은 여자를 양호실로 데려갔다. 음식이 그렇게 나쁜 건 아

94

니었다—옥수수 푸딩과 스팸. 아마 그 여자는 감기나 뭐 때문에 아팠을 것이다. 데카곤은 브룩헤이븐보다 낫다. 브룩헤이븐에서는 들고 날 때마다, 혹은 아무 이유 없이 옷을 벗기고 수색하는 것을 너무 좋아했다. 그래도, 두번째 장소에서도 늘 죄수와 간수의 드라마가 있었고, 없을 때는, 우리가 일을 하고 있을 때는, 소음과 말다툼, 싸움, 웃음, 외침이 끝도 없이 계속되었다. 불이 꺼져도 포효에서 짖는 소리로 크기만 줄어들 뿐이었다. 어쨌든 나는 그렇게 생각했다. 자택 요양 보호사 일에서 마음에 드는 건 무엇보다도 조용하다는 거다. 그러나 한 달이 지나자 그만두어야 했다. 환자의 손자들이 주말에 찾아왔기 때문이다. 가석방 감독관은 비슷하지만 아이들이 없는 곳을 찾아주었다—어떤 양로원이었는데, 스스로 호스피스라고 부르지는 않지만 사실상 그런 곳이었다. 처음에는 또다른 시설에서 그렇게 많은 사람들과, 더군다나 나를 부리는 사람들과 함께 있어야 한다는 게 마음에 들지 않았다. 하지만 상급자들이 비록 제복을 입고 있기는 했어도 나를 위협하지는 않았기 때문에 곧 일에 익숙해졌다. 감옥처럼 보이거나 느껴지기만 하면 나는 태도가 나빠졌다.

어쨌든 나는 그 십오 년을 보내고도 살아남았다. 주말 농구 시합과 줄리, 내 감방 동료이자 유일한 친구였던 줄리가 아니었다면 과연 버틸 수 있었을지 모르겠다. 처음 이 년 동안 우리, 아

동학대로 유죄판결을 받은 우리 둘은 식당에서 따돌림을 당했다. 사람들은 우리에게 욕을 하고 침을 뱉었고, 간수들은 우리 감방을 자주 뒤졌다. 시간이 좀 흐르자 그들은 우리에 대해선 거의 잊어버렸다. 우리는 살인범, 방화범, 마약 밀매범, 폭탄을 던지는 혁명가, 정신병자들로 이루어진 무더기의 맨 밑바닥에 있었다. 어린아이들을 해치는 것은 그들의 생각으로는 하급 가운데도 최하급이었다―웃기는 건, 마약 밀매범은 자기들이 누구한테 독을 주고 그들이 몇 살인지 아무런 관심이 없고, 방화범은 그들이 태워 죽이는 가족에서 아이들을 분리하지 않는다는 것이다. 폭탄을 던지는 사람들은 대상을 선별하지 않고 정확하지도 않다. 혹시 그들이 나와 줄리를 그렇게까지 미워했을까 의심스럽다면 아이들 사랑이 도처에 나붙어 있는 걸 보면 된다―감방 벽마다 아기와 아이 사진들이 붙어 있었으니까. 누구 아이건 상관없었다.

줄리는 장애가 있는 딸을 질식시켜 죽인 죄로 복역하고 있었다. 그 어린 딸의 사진이 침대 위 벽에 붙어 있었다. 몰리. 큰 머리, 늘어진 입, 세상에서 가장 사랑스러운 눈. 줄리는 밤에 또는 언제든 시간이 날 때마다 몰리의 사진에 대고 소곤거렸다. 용서를 구하는 게 아니라 자신의 죽은 딸에게 이야기를 해주는 거였다―주로 공주가 나오는 동화였다. 한 번도 말한 적은 없지만 나

도 그 이야기들이 좋았다─자는 데 도움이 되었다. 우리는 재봉 작업장에서 일했다. 제약회사 제복을 만들었는데 한 시간에 12센 트를 받았다. 손가락이 너무 뻣뻣해져 기계를 제대로 돌리지 못 하게 되자 나는 주방으로 옮겨졌는데, 음식마다 태우거나 떨어 뜨려서 다시 재봉틀로 돌아왔다. 하지만 줄리는 그곳에 없었다. 목을 매달려고 하다가 양호실에 들어가 있었다. 줄리는 방법을 몰랐다. 가장 잔인한 재소자 몇 명이 방법을 알려주겠다고 했다. 사람들에게 돌아왔을 때 줄리는 달라져 있었다─조용했고, 슬 퍼했고, 어울리려 하지 않았다. 네 여자에게 윤간을 당하고, 나 중에는 나이든 여자들 가운데 하나의 사랑의 노예가 된 것 때문 인 듯했다. 남편 역할을 하는 이 여자는 러버라고 불렸는데 아무 도 우습게 보지 못했다. 간수든 재소자든 오다가다 한 번쯤 자는 관계 이상을 원할 만큼 나를 좋아하는 사람은 없었다. 내가 싸움 꾼이었고 너무 컸기 때문일 것이다. 그곳에서는 거인이라 할 만 했다. 나야 좋지, 나는 그렇게 생각했다─적게 핥을수록 좋아.

그 세월 동안 나는 잭, 그러니까 남편에게서 편지를 딱 두 통 받았다. 첫번째 편지는 '사랑하는 당신' 편지였는데, 결국 "나는 여기에서 〔검게 지워짐〕 있어" 같은 불평으로 끝이 났다. 두들겨 맞고? 좆 되고? 괴롭힘을 당하고? 교도소의 우편 검열에서 지워 버릴 다른 말이 또 뭐가 있을까? 두번째 편지는 "염병할 무슨 생

각을 하고 있었던 거야, 나쁜 년아?"로 시작했다. 거기에는 지워진 말이 없었다. 나는 답장을 하지 않았다. 부모님은 크리스마스와 생일에 소포를 보냈다. 영양 캔디바, 탐폰, 종교 팸플릿, 양말. 하지만 편지, 전화, 면회는 한 번도 없었다. 놀라지 않았다. 그들의 비위를 맞추는 건 늘 힘든 일이었다. 피아노 바로 옆 스탠드에 가족 성경이 놓여 있었고, 어머니는 저녁을 먹은 뒤 그곳에서 찬송가를 연주했다. 그들이 한 번도 그렇게 말한 적은 없지만, 내가 없어져준 게 기뻤을 거라고 생각한다. 신과 악마로 이루어진 그들의 세계에서는 무고한 사람은 감옥에 가지 않는다.

나는 주로 시키는 일을 했다. 그리고 많이 읽었다. 그게 데카곤에서의 한 가지 좋은 점이었다─도서관. 진짜 공공도서관은 이제 책이 필요하지도 않고 책을 원하지도 않기 때문에 책을 감옥과 양로원으로 보낸다. 우리 가족이 사는 집에서는 종교 소책자와 성경 외에는 금지되어 있었다. 나는 교사였기 때문에 스스로 책을 많이 읽었다고 생각했다. 대학에서는 교육학을 전공해서 문학작품을 읽는 게 필수는 아니었지만. 나는 감옥에 와서야 『오디세이아』나 제인 오스틴을 읽었다. 그런 것들이 많은 것을 가르쳐주지는 않았지만, 탈출, 기만, 누가 누구와 결혼하는가 하는 것들에 집중하는 건 기분 전환이 되는 반가운 일이었다.

가석방으로 나온 첫날 택시를 타니 처음 세상 구경을 하는 어

린아이가 된 느낌이었다―집을 둘러싼 잔디들이 너무 녹색이어서 눈이 아팠다. 꽃은 페인트로 칠해놓은 것 같았다. 그런 라벤더 색조의 장미나 그렇게 눈부시게 밝은 해바라기는 기억에 없었기 때문이다. 모든 것이 그냥 개조한 게 아니라 새로 만든 것 같았다. 신선한 공기의 냄새를 맡으려고 창문을 내리자 바람이 내 머리카락을 휘어잡았다―뒤로 옆으로 날려버렸다. 그 순간 나는 내가 자유라는 것을 알았다. 바람. 내 머리카락을 어루만지고, 쓰다듬고, 키스하는 바람.

바로 그날 나에게 불리한 증언을 했던 학생 중 한 명―이제는 다 컸다―이 문을 두드렸다. 나는 한 번만이라도 혼자 먹고 혼자 자고 싶은 마음이 간절해 싸구려 모텔방에 들어가 있었다. 근처 감방에서 나는 자잘한 말다툼 소리나 섹스로 끙끙거리는 소리, 큰 흐느낌이나 코 고는 소리를 듣지 않고 싶어서. 정적을 고맙게 생각하거나 정적이 아주 좋은 음악에 가깝다는 사실을 깨닫는 사람은 많지 않을 거라고 생각한다. 어떤 사람들은 조용해지면 안절부절못하거나 너무 외로워한다. 하지만 십오 년 동안 소음 속에서 살다보니 나는 먹을 것보다 정적에 더 굶주렸다. 그래서 마구잡이로 게걸스럽게 삼키고, 다 토해낸 다음, 막 깊은 고독을 좀 누리려고 하는데 문을 쾅쾅 두드리는 소리가 들렸다.

눈 근처가 좀 낯익은 것 같았지만 그 아이가 누구인지는 몰랐

다. 다른 세상이었다면 아이의 검은 피부가 먼저 눈에 들어왔을 것이다. 하지만 그 긴 세월을 데카곤에서 살다 오니 그렇지 않았다. 십오 년 동안 추하고 평평한 신발을 신은 뒤라 그 아이의 유행하는 신발에 더 관심이 갔다—악어 아니면 뱀 가죽, 뾰족한 앞쪽과 너무 높아서 서커스 어릿광대의 죽마 같은 힐. 아이는 우리가 친구인 것처럼 말했지만 나는 그애가 내게 돈을 던질 때까지는 무슨 소리를 하는지, 무엇을 원하는지 몰랐다. 아이는 나한테 불리한 증언을 했던 학생 가운데 하나, 나를 죽이는 데, 내 삶을 없애는 데 기여한 사람들 가운데 하나였다. 그런데 어떻게 돈이 죽음 같았던 내 인생의 십오 년을 지울 수 있을 거라고 생각했을까? 머릿속이 하얘졌다. 주먹이 먼저 나갔다. 나는 '악마'와 싸우고 있다고 생각했다. 어머니가 늘 이야기하던 바로 그런 악마—유혹적이지만 악한. 나는 아이를 밖으로 쫓아내고 사탄의 변장을 지워버리자마자 침대에서 몸을 공처럼 말고 경찰이 오기를 기다렸다. 기다리고 또 기다렸다. 아무도 오지 않았다. 만일 경찰이 문을 때려 부수고 들어왔다면 십오 년간 강하게 버티다가 마침내 무너지고 만 한 여자를 보았을 것이다. 그 긴 세월을 보내고 나서 처음으로, 나는 울었다. 울고 울고 또 울다 마침내 잠이 들었다. 잠을 깼을 때 자유는 결코 공짜가 아니라고 자신을 타일렀다. 자유를 얻으려면 싸워야 한다. 자유를 얻으려 노력하

고 자유를 감당할 수 있는 만반의 준비를 갖추어라.

지금 생각해보니, 사실 그 검은 아이는 나에게 호의를 베푼 셈이었다. 그 아이가 염두에 둔 멍청한 호의, 그 아이가 주려고 했던 돈을 얘기하는 게 아니라, 우리 둘 다 계획하지 않았던 선물을 받았다는 거다. 십오 년 동안 흘리지 않았던 눈물의 방출. 이제 더는 틀어막지 않아도 된다. 이제는 더러운 게 없다. 나는 이제 깨끗하고 뭐든 할 수 있다.

2부

✤

　　그 동네에 재규어를 세워두는 것은 위험한 만큼이나 멍청한 짓이었기 때문에 택시를 타는 것이 나은 선택이었다. 부커가 도시의 이 지역을 자주 찾았다는 것에 브라이드는 깜짝 놀랐다. 왜 여기일까? 그녀는 궁금했다. 위험하지 않은 동네에도 악기점들은 있었다. 송장을 먹는 귀신 같은 복장에 문신을 한 남자들과 젊은 여자들이 구석에 웅크리고 있거나 갓돌에 쭈그리고 있지 않은 곳에도.

　　그녀가 말한 주소에 차를 세운 기사가 "미안합니다. 레이디. 여기서 기다리고 있을 수는 없어요" 하고 말하자, 브라이드는 얼른 '살바토레 폰티즈 폰 앤드 리페어 팰리스'*의 문으로 다가갔다. 안으로 들어가보니 '팰리스'라는 말은 실수라기보다는 헛소

리였다. 먼지 낀 유리 카운터들 밑으로 보석과 시계가 줄줄이 웅크리고 있었다. 남자, 노인스럽게 잘생긴 남자가 카운터를 따라 움직여 그녀에게 다가왔다. 보석상의 눈이 손님을 훑으며 가능한 모든 정보를 흡수해들였다.

"폰티 씨?"

"샐리라고 불러요, 스위트하트. 무슨 일로 오셨소?"

브라이드는 기한이 지났다는 통지서를 흔들며 돈을 내고 수리한 것을 찾으러 왔다고 말했다. 샐리는 통지서를 살폈다. "아, 그거." 그가 말했다. "섬 링. 마우스피스.** 뒤쪽에 있소. 들어와요."

그들은 함께 뒷방으로 들어갔다. 기타와 트럼펫이 벽에 걸려 있고 탁자의 천은 온갖 종류의 쇠붙이로 덮여 있었다. 그곳에서 일하던 남자가 돋보기에서 눈을 들어 브라이드를, 이어서 통지서를 살폈다. 그가 벽장으로 가 자주색 천에 싸인 트럼펫을 꺼냈다.

"그 친구는 핑키 링 얘기는 하지 않았어." 수리공이 말했다. "하지만 그냥 해줬지. 까다로운 친구였어, 정말 까다로워."

브라이드는 나팔을 받아들며 부커가 이런 걸 가졌다거나 분다

는 것을 알지도 못했다는 생각을 했다. 관심이 있었다면 그의 윗입술에 거무스름하게 파인 곳이 이것 때문임을 알았을 것이다. 그녀는 샐리에게 내야 할 돈을 건넸다.

"하지만 착했어. 시골 아이치고는 똑똑했고." 수리공이 말했다.

"시골 아이요?" 브라이드가 얼굴을 찌푸렸다. "시골 출신이 아닌데요. 여기 살아요."

"아, 그래? 나한테는 저 북쪽 어디 시골 타운에서 왔다고 하던데." 샐리가 말했다.

"위스키." 수리공이 말했다.

"무슨 얘길 하는 거예요?" 브라이드가 물었다.

"웃기지 않소? 이름이 위스키인 타운을 누가 잊을 수 있겠어? 아무도, 아무도 잊지 않지."

두 남자는 콧소리 섞인 웃음을 터뜨리며 기억에 남을 만한 다른 타운의 이름을 들먹이기 시작했다. 펜실베이니아주 인터코스Intercourse, 콜로라도주 노 네임No Name, 미시건주 헬Hell, 뉴멕시코주 엘리펀트 뷰트Elephant Butte, 켄터키주 피그Pig, 미주리주 타이트워드Tightwad. 마침내 둘이서 즐거워하는 데도 지쳤는지 그들은 다시 손님에게 눈길을 돌렸다.

"여기 좀 봐요." 샐리가 말했다. "그 친구가 다른 주소도 하나 줬소. 전송轉送 주소인데." 그는 롤로덱스를 넘겼다. "하. 이름이

올리브네. Q. 올리브. 캘리포니아주 위스키."

"거리 이름은 없고요?"

"이봐요, 허니. 위스키라는 타운에 거리가 있다고 누가 그럽디까?" 샐리는 예쁜 흑인 여자를 가게에 붙잡아둔 채 혼자 계속 재미있어하며 즐거운 시간을 보내고 있었다. "사슴이 다니는 길이라면 몰라도." 그가 덧붙였다.

브라이드는 얼른 가게를 나왔지만 근처에 돌아다니는 택시가 없다는 사실도 그만큼이나 얼른 깨달았다. 어쩔 수 없이 되돌아가 샐리에게 전화로 택시를 불러달라고 부탁해야 했다.

소피아

슬퍼야 마땅하다. 아빠가 상급자에게 연락을 해 엄마가 죽었다고 말했다. 나는 가석방 감독관이 허락할 것이라 생각하고, 장례식에 갈 비행기 표를 사기 위해 가불을 요청했다. 장례식이 열릴 교회는 구석구석까지 기억에 남아 있다. 신도석 뒤에 붙은 나무 성경 받침대, 워커 목사의 머리 뒤쪽 창문에서 들어오는 녹색이 아른거리는 빛. 그리고 냄새—향수, 담배, 그리고 또다른 어떤 것. 어쩌면 신성함. 엄마의 집 식사실 구석처럼 깨끗하고, 올곧고, 나를 위한 것. 내 얼굴보다 잘 알게 된 파란색과 흰색이 섞인 벽지. 장미, 라일락, 클레머티스 모두 눈처럼 흰색을 배경으로 파란색이었지. 나는 거기 서 있었다. 가끔은 두 시간씩. 조용한 꾸짖음, 지금은, 아니 그때도 기억에 없는 어떤 일에 대한 벌.

오줌을 쌌던가? 이웃의 아들과 '씨름'을 했던가? 어서 엄마의 집을 떠나 내게 첫번째로 청혼하는 남자와 결혼해버리고 싶었다. 그와 보낸 이 년도 똑같았다—복종, 침묵, 파란색과 흰색이 섞인 더 큰 구석. 가르치는 게 내 유일한 낙이었다.

하지만 엄마의 규칙, 엄마의 엄격한 훈육이 데카곤에서 살아남는 데 도움이 되었다는 것은 인정할 수밖에 없다. 석방 첫날, 그러니까 내가 폭발해버린 날까지는. 정말 폭발해버렸다. 나에게 불리한 증언을 했던 흑인 여자애를 패버렸다. 때리고, 걷어차고 주먹질을 하자 가석방을 얻은 것보다도 훨씬 자유로워졌다. 파란색과 흰색이 섞인 벽지를 찢어버리고, 마구 따귀를 때리고, 엄마가 그렇게 잘 알고 있던 악마를 내 삶에서 쫓아내는 느낌이었다.

그 아이가 어떻게 되었을지 궁금하다. 왜 경찰에 신고를 하지 않았을까? 어쨌든 두려움에 얼어붙은 아이의 눈을 보며 기뻤다, 그때는. 다음날 아침, 몇 시간 동안 흐느껴서 퉁퉁 부은 얼굴로 문을 열었다. 보도에 엷은 핏자국이 있고 근처에 진주 귀걸이 한 짝이 있었다. 어쩌면 그 아이 것일 수도 있고, 어쩌면 아닐 수도 있었다. 어쨌든 챙겨두었다. 지금도 내 지갑에 들어 있다, 그런데 왜? 일종의 기념품? 환자를 돌볼 때—입에 다시 의치를 껴주거나, 욕창을 막으려고 등과 허벅지를 문질러주거나, 로션을 바

르기 전 레이스 무늬가 생긴 피부를 스펀지로 닦을 때—나는 마음속으로 그 흑인 여자애를 다시 불러서, 아이를 치료해주고 아이에게 고마워한다. 나를 해방시켜준 것에 대해.

　미안해요 엄마.

❧

해와 달은 지평선에서 먼 우정을 나누며, 서로 상대에게 불편을 느끼지 않았다. 브라이드는 빛을 눈치채지 못했다. 빛이 하늘을 얼마나 다채롭게 만들었는지. 면도용 솔과 면도칼이 든 트럼펫 상자는 트렁크에 실려 있었다. 그녀는 그 두 가지 생각을 하다가 마침내 재규어의 라디오에서 흘러나오는 음악에 마음을 빼앗겼다. 니나 시몬은 너무 공격적이어서, 브라이드가 자기 자신 말고 다른 어떤 것을 생각하게 만들었다. 그녀는 소프트 재즈로 바꾸었다. 그것이 차의 가죽 인테리어뿐 아니라 납작하게 눌러둘 필요가 있는 불안을 다독거리는 배경으로도 더 어울렸다. 그녀는 이렇게 무모한 짓을 해본 적이 없었다. 이렇게 추적하는 이유는 사랑이 아니었고, 그녀도 알았다. 한때 신뢰했던, 자신이

안전하다고. 어쩐 일인지 식민지가 된 기분을 느끼게 해주던 한 사람을 찾아 미지의 영역으로 차를 몰게 하는 것은 분노라기보다는 상처였다. 그가 없는 세상은 혼란 이상이었다―천박하고, 춥고, 고의적으로 적대적이었다. 그녀의 어머니 집 분위기와 같아졌다. 그곳에서는 어떤 행동이나 말을 해야 할지 전혀 알 수 없었고, 규칙이 무엇인지 기억도 나지 않았다. 숟가락을 시리얼 그릇에 그대로 두어야 할지 아니면 그릇 옆에 두어야 할지, 신발끈을 나비매듭으로 묶어야 할지 이중매듭으로 묶어야 할지, 양말을 내려서 접어야 할지 아니면 종아리까지 끌어올려려 할지. 규칙이 무엇이고 그게 언제 바뀌는지. 그녀가 첫 생리혈로 시트를 더럽히자 스위트니스는 따귀를 때리고 그녀를 냉수가 가득한 욕조로 밀어넣었다. 가능하면 최대한 신체적 접촉을 피하던 어머니가 자신을 만졌다는, 손을 댔다는 만족감 덕분에 충격은 완화되었다.

어떻게 그가 그럴 수가? 그는 왜 그녀에게서 모든 위로를, 감정적 안정을 빼앗고 떠나버렸을까? 그래, 그의 퇴장에 대한 그녀의 빠른 반응은 실없고, 어리석었다. 삶에 대해 전혀 모르는 3학년짜리처럼 조롱만 해댔다.

그는 고통의 한 부분이었다―전혀 구원자가 아니었다. 그리고 이제 그녀의 삶은 그 때문에 난장판이 되었다. 그녀가 꿰매어

합쳐놓았던 삶의 조각들. 개인적 매력, 흥미진진하고 심지어 창조적인 직업에서의 통제력, 성적 자유, 그리고 무엇보다도 분노든 당혹감이든 사랑이든 지나치게 강한 감정으로부터 그녀를 보호해주는 방패. 신체적 공격에 대한 그녀의 반응 역시 갑작스럽고 설명할 수 없는 결별에 대한 반응 못지않게 비겁했다. 첫번째에 대한 반응은 눈물이었다. 두번째에 대한 반응은 "그래, 그래서?" 하는 경박이었다. 소피아에게 맞는 것은 스위트니스에게서 따귀를 맞는 것과 같았는데 다만 만져진다는 쾌감이 없을 뿐이었다. 이 두 가지 모두 곤혹스러운 잔혹성이 나타날 때 그녀가 무력하다는 사실을 확인해주었다.

너무 약해서, 스위트니스, 아니면 집주인, 아니면 소피아 헉슬리에게 도전하는 게 두려워서, 그녀가 마침내 스스로 일어서서 처음으로 맨영혼을 드러낸, 자신을 놀리고 있다는 것도 모른 채 그렇게 자기 영혼을 드러내 보여준 남자와 대면하는 일 말고는 세상에 남은 할 일이 없었다. 하지만 용기가 필요할 텐데, 그건 일에서 성공을 거두면서 많이 갖고 있다고 생각하고 있었다. 그것과 이국적인 아름다움은.

샐리네 가게에 있는 남자들에 따르면 그는 위스키라는 곳 출신이었다. 어쩌면 그곳으로 돌아간 것인지도 몰랐다. 어쩌면 아닐 수도 있고. 그는 미스 Q. 올리브, 그가 원하지 않았던 또다른

여자와 함께 살고 있을 수도 있고, 이미 거기서 또 움직였을 수도 있었다. 브라이드는 어떤 경우이건 그를 추적해, 왜 그녀가 그에게서 더 나은 대접을 받을 자격이 없는지, 그리고 둘째로, "원하는 여자 아니야"라는 것은 무슨 뜻으로 한 말인지 설명을 듣고야 말 생각이었다. 그 여자가 누구를 말하는 건지? 여기 이 여자? 굴 색조의 흰색 캐시미어 원피스를 입고 보풀이 일게 가공한 토끼털이 달린 달 색깔의 부츠를 신고 재규어를 몰고 있는 이 여자? 눈이 두 개 달린 사람이라면 누구에게나 아름다워 보이는데다 십억 달러짜리 회사에서 주요 부서를 운영하는 이 여자? 벌써 더 새로운 제품 라인을 상상하고 있는 여자? 예를 들어 눈썹. 모든 여자(그가 원하는 부류이건 아니건)는 가슴뿐 아니라 더 길고, 더 짙은 눈썹을 원했다. 코브라처럼 여위고 굶주린다 해도 자몽 같은 젖통과 미국너구리 같은 눈만 있다면 여자는 미치도록 행복했다. 브라이드는 이 여행만 끝나면 바로 그 일에 달려들 것이다.

그녀는 동쪽으로 달리다 북쪽으로 방향을 틀었고, 간선도로의 차는 점점 줄어들었다. 그녀는 숲들이 곧 도로 가장자리까지 다가와, 나무들이 늘 그러듯 그녀를 지켜볼 거라고 상상했다. 이제 몇 시간이면 북쪽 골짜기의 땅에 도착할 터였다. 벌목 캠프, 그녀보다 나이가 많지 않은 아주 작은 마을, '부족들'만큼이나 오래

된 흙길. 그녀는 주립도로를 타는 동안 식당을 찾아, 먹고 기운을 차린 뒤 위안을 주는 것이 흔치 않은 땅으로 들어가기로 마음먹었다. 광고판에 다닥다닥 붙은 여러 광고는 휘발유 상표 하나, 음식 네 가지, 숙소 두 곳을 선전하고 있었다. 브라이드는 3마일을 더 가다가 간선도로에서 나와 오아시스로 들어갔다. 그녀가 선택한 식당은 흠 없이 깨끗하고 텅 비어 있었다. 맥주와 담배 냄새는 최근 것이 아니었고, 액자에 담겨 미국기를 가리고 있는 남부 연방기도 마찬가지였다.

"네?" 카운터 웨이트리스의 눈이 둥그레지더니 고정되지 않고 이리저리 움직였다. 브라이드는 그런 표정, 그뿐 아니라 거기 동반되는 벌어진 입에도 익숙했다. 그것을 보면 학교에 처음 갔을 때 며칠 동안 아이들이 그녀를 받아들이던 태도가 떠올랐다. 충격, 브라이드에게 눈이 세 개 달리기라도 한 것처럼.

"화이트 오믈렛 될까요? 치즈 빼고?"

"화이트요? 달걀을 넣지 말라는 건가요?"

"아뇨. 노른자를 넣지 말라고요."

브라이드는 소화가 잘 되는 그 음식의 레드넥* 버전을 먹을 수 있을 만큼 먹은 다음, 여자 화장실이 어디냐고 물었다. 웨이트리

---

* 가난하고 교양 없는 백인 농장 노동자를 가리키는 말. 원래는 목이 붉다는 뜻.

스가 혹시 자신이 내뺀다고 생각할까봐 카운터에 5달러 지폐를 놓아두었다. 화장실에서 그녀는 자신의 털 없는 외음부가 여전히 놀라움을 안겨준다는 것을 다시 확인했다. 그다음엔 세면대 위의 거울 앞에 서서, 캐시미어 원피스의 네크라인이 비뚤어졌다는 것을, 비스듬하게 너무 흘러내려 왼쪽 어깨가 드러났다는 것을 알아챘다. 그녀는 원피스를 바로잡다가 어깨 쪽이 미끄러진 것이 나쁜 자세나 옷 제조상의 결함 때문이 아니라는 걸 깨달았다. 마치 사이즈 2가 아니라 4를 샀고 그것을 지금 막 알게 된 것처럼, 드레스 윗부분이 축 늘어져 있었다. 하지만 이 여행을 시작할 때만 해도 이 원피스는 완벽하게 맞았다. 아마, 그녀는 생각했다, 천이나 디자인에 흠이 있었을 거야. 그게 아니라면 그녀의 몸무게가 빠지고 있거나―빠르게. 문제는 아니었다. 그녀의 업계에 너무 말랐다는 건 없었다. 그저 옷을 더 신중하게 고르면 되는 일이었다. 변해버린 귓불의 무시무시한 기억이 그녀를 흔들었지만 감히 그것을 몸의 다른 변화와 연결할 수 없었다.

브라이드는 거스름돈을 모으다 그냥 팁으로 주기로 마음먹고 위스키로 가는 길을 물었다.

"별로 멀지 않아요." 웨이트리스가 휘둥그레진 눈으로 히죽히죽 웃으며 말했다. "100마일, 어쩌면 150마일. 어둡기 전에 도착할 거예요."

벽촌 쓰레기는 그걸 "멀지 않다"고 하나? 브라이드는 의아했다. 150마일? 그녀는 기름을 채우고, 타이어를 확인하고, 오아시스에서 환상도로를 따라가 다시 간선도로를 탔다. 웨이트리스는 자신 있게 말했지만, 출구 표시를 보았을 때는 날이 이미 깜깜했다. 출구에는 번호가 아니라 이름이 적혀 있었다―위스키 로드.

적어도 포장은 되어 있었다. 좁고 구불구불했지만 그래도 포장은 되어 있었다. 아마 그래서 하이빔을 믿고 가속을 했을 것이다. 그녀는 그것이 다가오는 것을 전혀 보지 못했다. 차는 급한 커브에서 벗어나 나무―세상에 가장 먼저 생긴 가장 큰 나무임에 틀림없었다―와 충돌했다. 나무의 줄기 아랫부분은 관목들에 둘러싸여 감추어져 있었다. 브라이드는 에어백과 싸우며, 공황에 사로잡혀 너무 빨리 움직이느라 발이 브레이크 페달과 우그러진 문 사이의 공간에 걸려서 비틀린 것도 모르고 있다가, 발을 빼려는 순간 통증에 압도당했다. 간신히 안전띠를 풀었지만 다른 어떤 행동도 소용없었다. 그녀는 운전석에 어색한 자세로 누운 채 우아한 토끼털 부츠에서 왼쪽 발을 살살 빼내려 했다. 그러나 아프기만 할 뿐 불가능하다는 것을 알게 되었다. 몸을 뻗고 비틀어 간신히 휴대전화에 손이 닿았지만, 화면에는 '서비스 불가'라는 메시지뿐이었다. 어두워서 차가 지나갈 가능성이 적기는 했지만 아예 없는 것은 아니었다. 그녀는 빵빵 소리

가 올빼미를 놀라게 하는 것 이상의 일을 해주기를 간절히 바라며 경적을 울렸다. 그러나 그것은 아무것도 놀라게 하지 못했다. 소리가 나지 않았기 때문이다. 거기 밤새도록 누워 있는 것 말고는 할 수 있는 일이 없었다. 두려워하고, 화를 내고, 고통스러워하고, 울기를 되풀이하면서. 달은 이가 보이지 않는 웃음이었고, 심지어 별도 목을 조르러 온 팔처럼 앞유리를 가로지르고 있는 나뭇가지 사이로 보니 무섭기만 했다. 그녀의 눈에 흘끗 보이는 하늘 한 조각은 그녀를 겨누고 번득거리는 칼들, 어서 목표물을 향해 날아가게 되기만을 바라는 칼들로 이루어진 검은 카펫이었다. 무시무시하게 고통스러웠다―악의가 있는 힘들을 의식하게 되자 그녀는 용기 있는 모험가에서 도망자로 변했다.

해는 그저 떠오를 것이라는 암시만 줄 뿐이었다. 온 모습을 드러내겠다는 약속으로 하늘을 안달나게 하는 살구 조각에 불과했다. 몸이 저리고 다리가 아파 어쩔 줄 몰라하던 브라이드는 동이 트자 간질거리는 희망을 느꼈다. 헬멧을 쓰지 않고 오토바이를 타고 가는 사람, 벌목꾼이 가득한 트럭, 연쇄 강간범, 자전거를 탄 소년, 곰 사냥꾼―도와줄 사람은 아무도 없는 것일까? 누가 혹은 무엇이 구해줄지 상상하고 있을 때 뼈처럼 하얀 작은 얼굴이 조수석 창문에 나타났다. 검은 새끼 고양이를 안은 여자아이, 아주 어린 여자아이가 브라이드가 이제까지 본 가장 짙은 녹

색 눈으로 그녀를 물끄러미 바라보고 있었다.

"도와줘. 제발. 도와줘." 브라이드는 악이라도 쓰고 싶었지만 그럴 힘이 없었다.

아이는 오래, 아주 오랫동안 그녀를 보더니 몸을 돌려 사라졌다. "오, 맙소사." 브라이드가 작은 소리로 내뱉었다. 헛것을 본 걸까? 그게 아니라면 틀림없이 도움을 청하러 갔을 거다. 정신장애가 있거나 유전적으로 폭력적인 사람이 아니라면 아무도 그녀를 그렇게 내버려두지 않을 거다. 아니, 내버려둘까? 갑자기, 어두울 때는 그러지 않더니, 동이 트면서 주위의 나무들이 살아나 그녀는 진짜로 겁에 질렸다. 정적은 무시무시했다. 그녀는 시동을 걸고, 후진 기어를 넣고 급가속 주행으로 그곳을 빠져나가기로 결심했다―발이 말을 듣든 말든. 막 시동을 켜고 죽은 배터리 소리에 맥이 빠졌을 때 한 남자가 나타났다. 긴 금발에 턱수염, 그리고 길게 찢어진 검은 눈. 강간? 살인? 브라이드는 몸을 떨며, 남자가 눈을 가늘게 뜨고 창 너머에서 그녀를 바라보는 모습을 지켜보았다. 이윽고 남자는 떠났다. 실제로는 몇 분에 불과했지만 브라이드에게는 몇 시간처럼 느껴진 시간이 흐른 뒤 남자가 톱과 쇠지레를 들고 나타났다. 그녀는 공포로 몸이 뻣뻣하게 굳은 채 침을 삼키며, 남자가 자동차 후드의 가지를 톱으로 자른 다음 뒷주머니에서 바이스를 꺼내 문을 비틀어 강하게 여

는 것을 지켜보았다. 브라이드가 통증으로 비명을 지르는 바람에 옆에 서서 입을 벌린 채 그 광경을 지켜보던 녹색 눈의 여자아이가 화들짝 놀랐다. 남자는 조심스럽게 브라이드의 발을 브레이크 페달 밑에서 꺼내 차의 부서진 문에서 빼냈다. 그녀를 자동차 좌석에서 들어올릴 때는 남자의 머리카락이 앞으로 흘러내렸다. 남자는 말없이, 질문을 하거나 위로의 말도 하지 않고, 그녀를 품에 제대로 안았다. 남자는 에메랄드빛 눈의 여자아이를 뒤에 단 채 브라이드를 안고 모래가 덮인 좁은 길을 반 마일 걸어 살인자의 집인지도 모를, 창고처럼 보이는 건물로 갔다. 그녀는 그의 품에 감싸인 채 전혀 수그러들지 않는 통증에 시달리며, "해치지 마세요, 제발 절 해치지 마세요" 하고 연거푸 말하다 기절하고 말았다.

"이 사람 피부는 왜 이렇게 까매요?"

"네가 그렇게 하얀 것과 같은 이유지."

"오. 내 새끼 고양이처럼요?"

"맞아. 그런 식으로 태어난 거지."

브라이드는 잇새를 빨았다. 어머니와 딸 사이의 얼마나 편안한 대화인가. 그녀는 잠든 척하면서 나바호 담요 밑에서 엿듣고

있었다. 베개 위에 올려놓은 발목은 털 많은 장화 속에서 통증으로 욱신거렸다. 브라이드를 구조한 남자는 그녀를 이 집 같지 않은 집으로 데려와, 강간하고 고문하는 대신 아내에게 돌보라고 이르고 트럭을 몰고 나갔다. 자신은 없지만, 이른 시간이기는 해도 이 근처에서 찾을 수 있는 유일한 의사를 데려올 수 있을지도 몰라. 그는 말했다. 그냥 아스피린만으로는 안 될 거라고, 턱수염을 기른 남자는 말했다. 발목이 부러졌을 수도 있었다. 전화가 없어서 그는 트럭을 타고 마을에 들어가 의사를 찾아볼 수밖에 없다.

"내 이름은 에벌린이에요," 부인이 말했다. "남편은 스티브고. 당신은요?"

"브라이드예요. 그냥 브라이드." 처음으로 그녀가 만들어낸 이름이 유행의 첨단을 걷는 느낌이 들지 않았다. 할리우드에서나 쓸 것 같은, 십대들이나 쓸 것 같은 이름으로 들렸다. 그러나 에벌린이 녹색 눈의 아이에게 손짓을 할 때까지였다. "브라이드, 이 아이는 레이즌이에요. 사실 우리는 레인*이라고 이름을 지었어요. 그 속에서 아이를 발견했거든요. 하지만 이 아이는 자기를 레이즌이라고 부르는 걸 더 좋아하네요."

---

* 레이즌은 건포도, 레인은 비라는 뜻.

"고마워, 레이즌. 네가 내 목숨을 구했어. 정말로." 브라이드는 또다른 허영의 이름에 감사하면서, 눈물이 뺨을 찌르며 흘러내리게 놓아두었다. 에벌린은 브라이드가 옷을 벗는 것을 거들고 남편의 격자무늬 벌목꾼 셔츠를 하나 주었다.

"아침 좀 차려줄까요? 오트밀?" 그녀가 물었다. "아니면 따뜻한 빵하고 버터? 밤새 거기서 꼼짝도 못했을 텐데."

브라이드는 사양하면서 상대의 기분이 상하지 않았기를 바랐다. 그저 잠을 좀 자고 싶었다.

에벌린은 들어올린 다리를 조심하면서 손님 둘레에 담요를 여며주고, 굳이 검은색 또는 흰색 새끼 고양이 이야기를 조곤조곤 설명하려 하지 않고 싱크대 쪽으로 멀어졌다. 그녀는 큰 키에 유행에 뒤떨어진 엉덩이의 소유자로, 길게 땋은 밤색 머리칼을 등 뒤로 흔들고 있었다. 브라이드는 그녀를 보고 영화, 헤어스타일로밖에 이 스타와 저 스타를 구별할 수 없는 지금과는 달리 얼굴로 스타들을 구분할 수 있었던 40년대인가 50년대에 만들어진 영화에서 본 누군가를 떠올렸다. 하지만 이름이 떠오르지 않았다—여자 배우도 영화도. 하지만 꼬마 레이즌은 브라이드가 본 그 누구와도 닮지 않았다—우유처럼 하얀 피부, 흑단 같은 머리, 네온 같은 눈, 알 수 없는 나이. 에벌린이 뭐라고 했더라? "그 속에서 아이를 발견했거든요"라고 했던가? 빗속에서.

스티브와 에벌린의 집은 스튜디오나 기계 공장을 개조한 것 같았다. 하나의 커다란 공간에 탁자, 의자, 싱크대, 나무를 때는 조리용 스토브, 그리고 브라이드가 누워 있는 망가진 엉터리 소파가 있었다. 벽에는 베틀이 있고, 근처에 천 짜는 실이 든 작은 바구니들이 있었다. 머리 위쪽에는 기계를 동원해 제대로 닦아 줄 필요가 있는 천창이 달려 있었다. 전기의 도움을 받지 않는 빛이 공간 전체에 물처럼 움직였다―이곳의 그림자는 순식간에 사라질 수 있었고, 구리 단지를 때리는 빛줄기가 스러지는 데 몇 분이 걸릴 수도 있었다. 뒤쪽으로 열린 문 사이로 밧줄로 만든 침대 하나, 쇠로 만든 침대 하나가 있는 방이 보였다. 오븐에서는 고기 같은 것, 닭인가 싶은 것이 구워지고 있었고 에벌린과 아이는 집에서 만든 거친 식탁에서 버섯과 피망을 썰고 있었다. 그들은 갑자기 터무니없는 옛 히피 노래를 부르기 시작했다.

"이 땅은 너의 땅, 이 땅은 나의 땅……"

그 순간 브라이드는 스위트니스가 세면대에서 팬티스타킹을 빨면서 블루스 노래를 흥얼거리던 밝은 기억에 사로잡혔다. 어린 룰라 앤은 그녀의 노랫소리를 들으려고 문 뒤에 숨어 있었다. 어머니와 딸이 함께 노래를 부를 수 있었다면 얼마나 멋졌을까. 그녀는 그 꿈을 끌어안고 깊은 잠으로 빠져들었다가 정오 무렵 우렁차게 울리는 남자들의 목소리에 잠에서 깼다. 스티브가 주름투

성이 아주 늙은 의사를 데리고 쿵쿵거리며 집안으로 들어왔다.

"여기는 월트요." 스티브가 말했다. 그는 소파 옆에 서서 웃음 비슷한 것을 보여주고 있었다.

"닥터 머스키요." 의사가 말했다. "월터 머스키, MD, PhD, LLD, DDT, OMB.*"

스티브가 웃음을 터뜨렸다. "농담하시는 겁니다."

"안녕하세요." 브라이드의 시선이 자신의 발에서 의사의 얼굴로 계속 왔다갔다했다. "너무 심하지 않았으면 좋겠네요."

"어디 봅시다." 닥터 머스키가 말했다.

브라이드는 의사가 우아한 하얀 부츠를 가위로 자르는 동안 이를 악물고 공기를 빨아들였다. 그는 전문가다운 태도로 아무런 공감 없이 그녀의 발목을 살피더니 최소한 골절이며 여기 스티브의 집에서는 고칠 수가 없다고 말했다—엑스레이를 찍고 깁스 등등을 하려면 진료소에 가야 했다. 그가 할 수 있는 일, 아니, 하려고 하는 일은 깨끗이 닦고 묶어서 부은 것이 더 심해지지 않게 하는 것뿐이었다.

브라이드는 가지 않겠다고 했다. 갑자기 배가 너무 고파서 화가 났다. 다른 사람 차에 실려 다시 한번 초라한 시골 진료소에

---

* 각각 의학박사, 박사, 법학박사, 살충제, 예산관리국.

가기 전에 목욕을 하고 먹고 싶었다. 그녀는 닥터 머스키에게 일단 진통제를 좀 달라고 했다.

"안 됩니다." 스티브가 말했다. "절대 안 돼. 중요한 일 먼저. 게다가 하루종일 시간이 있는 게 아니오."

스티브는 그녀를 그의 트럭으로 안고 가 자신과 의사 사이의 좁은 공간에 앉히고 출발했다. 두 시간 뒤 두 사람은 진료소에서 다시 차를 타고 돌아왔고 그녀는 부목 덕분에 통증이 가라앉았다는 것을 인정할 수밖에 없었다. 약도 도움이 되었지만. 위스키 진료소는 우체국 건너편 매력적인 바다 색깔의 미늘벽 판자집 1층에 자리잡고 있었는데, 거기엔 이발소도 있었다. 2층 창문에는 중고 의류 광고가 있었다. 예스럽다, 하고 생각하며 브라이드는 그만큼이나 예스러운 진료실로 부축받아 들어가게 될 거라고 생각했다. 그러나 놀랍게도 그곳의 장비는 그녀가 다니는 성형외과 진료실만큼이나 첨단이었다.

닥터 머스키가 놀라는 그녀를 보고 웃었다. "벌목꾼은 군인과 비슷해요." 그가 말했다. "그 친구들은 최악의 부상을 당하기 때문에 가장 빨리 최선의 치료를 받을 필요가 있어요."

닥터 머스키는 초음파 화면 사진을 살펴본 뒤 죽지는 않겠지만 낫는 데 최소 한 달은 걸릴 거라고 말했다—어쩌면 육 주. "인대결합." 그가 말했지만 환자는 제대로 알아듣지 못했다. "비

골腓骨과 경골脛骨 사이에요. 어쩌면 수술이 필요할 수도 있고─내가 하라는 대로 하면 필요 없을 수도 있어요."

그는 발목에 부목을 대면서 붓기가 빠지면 깁스를 해주겠다고 말했다. 깁스를 하러 진료실에 다시 와야 할 것이다.

한 시간 뒤 그녀는 트럭으로 돌아와 말없는 스티브 옆에 앉아 부목이 허락하는 한도 내에서 대시보드 밑으로 뻣뻣한 다리를 최대한 뻗고 있었다. 브라이드는 스티브에게 안겨 다시 집으로 돌아오자 씻지 않았다는 자의식과 시큼한 냄새에 압도되어 아까 느끼던 배고픔은 느낄 수 없었다.

"목욕 좀 하고 싶어요, 제발." 그녀가 말했다.

"우린 욕실이 없어요." 에벌린이 말했다. "우선 스펀지로 닦아줄 수 있어요. 발목이 좀 괜찮아지면 물을 끓여서 빨래통에 부어줄게요."

한 달 동안 침실용 변기, 옥외 변소, 함석 빨래통, 망가진 엉터리 소파 신세라니. 브라이드가 울기 시작했지만, 레인과 에벌린은 그녀가 울게 놓아둔 채 계속 식사 준비를 했다.

나중에, 가족이 식사를 마친 뒤, 브라이드는 당황스러움을 이겨내려 애쓰며 얼굴과 겨드랑이를 닦을 차가운 물 한 대야를 받아들였다. 이윽고 기운을 차려 웃음을 지으며 에벌린이 그녀 앞에 내민 접시도 받아들었다. 알고 보니 닭이 아니라 메추라기

였는데 진한 버섯 그레이비를 발라놓았다. 브라이드는 주는 것을 받아먹다가 당혹감 이상의 감정을 느꼈다. 그녀는 부끄러웠다—계속 울고, 성마르게 굴고, 유치하게 굴고, 자기 스스로 대처하는 것을 꺼리거나 남의 도움을 우아하게 받아들이지 못했다. 이곳에서 그녀는 최소한의 것만 가지고 생활하면서도 망설임 없이 타인을 위해 자신을 내어주고 그 대가로 아무것도 요구하지 않는 사람들 사이에 있었다. 그러나, 종종 있는 일이지만, 그녀의 감사와 당혹감은 오래가지 않았다. 그들은 다리가 부러져 안쓰러운 떠돌이 고양이나 개처럼 그녀를 대하고 있었다. 그녀는 침울하게 손톱을 잡아당기다가 에벌린에게 손톱 다듬는 줄이나 광택제가 있느냐고 물었다. 에벌린은 생글생글 웃으며 말없이 자신의 두 손을 들어올렸다. 무슨 말인지 알 수 있었다—에벌린의 두 손은 와인잔 받침을 잡는 데보다 불쏘시개를 쪼개거나 닭의 목을 비트는 데 쓸모가 있었다. 이 사람들은 누구일까, 브라이드는 궁금했다. 어디서 왔을까? 그들은 그녀에게 어디서 왔고 어디로 가는지 묻지 않았다. 그냥 그녀를 돌봐주고 먹여주고 차도 견인해 가 수리하도록 주선해주었다. 이들이 그녀에게 제공하는 이런 돌봄을 이해하는 건 너무 어렵고, 너무 낯선 일이었다—공짜, 아무런 판단도 하지 않고, 심지어 그녀가 누구이며 어디로 가는지도 관심을 보이지도 않다니. 이따금씩 그들이 뭔

가를 계획하는 것은 아닌가 하는 생각이 들었다. 어떤 나쁜 일을. 그러나 권태가 깨지는 일 없이 하루하루가 흘렀다. 스티브와 에벌린은 가끔 저녁을 먹은 뒤 밖에 앉아 비틀스나 사이먼 앤드 가펑클의 노래를 부르며 시간을 보냈다―스티브가 기타를 퉁겼고, 에벌린은 음조가 맞지 않는 소프라노로 끼어들었다. 엉뚱한 가사와 빠진 음들 사이로 그들의 웃음소리가 딸랑거렸다.

진료소에 더 가고, 다리 운동을 하고, 재규어가 수리되기를 기다리는 다음 몇 주 동안 브라이드는 집주인들이 오십대라는 것을 알게 되었다. 스티브는 리드 칼리지를 졸업했고, 에벌린은 오하이오 주립대학을 졸업했다. 그들은 쉴새없이 웃음을 터뜨리며 자신들이 어떻게 만났는지 이야기해주었다. 처음에는 인도에서(브라이드는 그들이 교환하는 표정에서 기분좋은 추억의 빛이 반짝이는 것을 보았다), 다음은 런던에서, 다시 베를린에서. 마침내 멕시코에서 그들은 그런 식으로 만나는 것을 그만두기로 합의하고(스티브가 주먹으로 에벌린의 뺨을 쓰다듬었다) 티후아나에서 결혼했고 '진짜 삶을 살기 위해 캘리포니아로 옮겨왔다'.

그들을 지켜보는 브라이드의 부러움은 유아적인 것이었으나 그녀도 어쩔 수 없었다. "'진짜'라는 건 가난하다는 뜻인가요?" 그녀는 조롱을 감추려고 웃음을 지었다.

"'가난하다'는 게 무슨 뜻이죠? 텔레비전이 없다는 건가?" 스

티브가 눈썹을 치켰다.

"돈이 없다는 거죠." 브라이드가 말했다.

"같은 거지." 그가 대꾸했다. "돈이 없고, 텔레비전이 없다."

"세탁기도 없고, 냉장고도 없고, 욕실도 없고, 돈도 없다!"

"돈이 댁을 저 재규어에서 꺼내주던가요? 돈이 젠장 댁을 구해주던가요?"

브라이드는 눈을 깜빡였지만 아무 말도 하지 않을 만큼은 똑똑했다. 사실 말이지 그녀가 선善 자체를 위한 선이나 물질 없는 사랑에 관해 무엇을 알겠는가?

그녀는 힘겨운 육 주를 그들의 집에서 지내며 다시 걸을 수 있고 차가 수리될 때까지 기다렸다. 근처에 하나뿐인 자동차 정비소에서는 재규어의 경첩이나 완전히 새로운 문짝을 주문해서 받아야 하는 것 같았다. 밤에 그런 깊은 어둠에 잠기는 집에서 자다보니 브라이드는 관 속에 들어와 있다는 느낌을 받았다. 바깥 하늘에는 그녀가 평생 본 적 없는 많은 별이 가득했다. 그러나 안의 더러운 천창 밑은 전기도 없어서 그녀는 잠을 잘 이루지 못했다.

마침내 닥터 머스키가 돌아와 깁스를 제거하고 탈부착이 가능한 발 버팀대를 주었고 그녀는 절뚝거리며 돌아다닐 수 있게 되었다. 그녀는 깁스 밑에 감추어져 있던 역겨운 피부를 흘끗 보고

몸을 떨었다. 깁스를 제거한 것보다 더 좋았던 것은 에벌린이 약속한 대로 들통으로 뜨거운 물을 날라 함석 통에 연거푸 쏟아부어준 것이었다. 그녀는 브라이드에게 스펀지, 수건, 거품이 잘 나지 않는 갈색 비누도 주었다. 몇 주 동안 새처럼 씻은 뒤라 브라이드는 고마운 마음으로 물속 깊이 들어갔고, 물이 완전히 식을 때까지 오래오래 비누질을 했다. 몸을 말리려고 일어섰을 때 그녀는 가슴이 납작해진 것을 알았다. 완전히 납작해져서 그곳이 등이 아니라는 것을 알려주는 건 젖꼭지밖에 없었다. 그녀는 엄청난 충격을 받고 다시 더러운 물에 풍덩 주저앉아 수건을 방패 삼아 가슴을 가렸다.

아픈 게 틀림없어, 난 죽어가고 있어, 그녀는 생각했다. 그녀는 한때 젖가슴이 존재감을 과시하며 신음을 토하는 연인들의 입술을 향해 치솟던 곳에 젖은 수건을 회반죽처럼 덮었다. 그녀는 공황과 싸우며 에벌린을 소리쳐 불렀다.

"제발, 제가 입을 수 있는 게 있을까요?"

"그럼요." 에벌린은 몇 분 뒤 브라이드에게 티셔츠와 자신의 청바지 한 벌을 가져다주었다. 브라이드의 가슴이나 젖은 수건에 관해서는 아무 말도 하지 않았다. 혼자 옷을 입을 수 있게 자리를 피해주었을 뿐이다. 브라이드가 그녀를 다시 불러 청바지가 너무 커서 골반에 걸려 있지 않는다고 하자 에벌린이 레인의

청바지로 바꾸어주었는데, 그것은 브라이드에게 딱 맞았다. 내가 언제 이렇게 작아졌지? 그녀는 생각했다.

그녀는 잠깐만 누워서 공포를 진정시키고 생각을 정리하고 자신의 줄어드는 몸에 무슨 일이 생기고 있는 것인지 파악할 생각이었으나 졸린 느낌이나 어떤 예고도 없이 잠이 들고 말았다. 그 어두운 공허로부터 생생한, 느낌이 그대로 전해지는 꿈이 튀어나왔다. 부커의 손이 그녀의 두 허벅지 사이에서 움직이고 있었고, 그녀가 두 팔을 위로 펼쳤다가 그의 등 위에서 맞잡자 그는 손가락들을 뽑아내 그녀의 두 다리 사이로, 둘이서 나라들의 자부심이자 부富라고 부르던 것에 부드럽게 밀어넣었다. 그녀가 소곤거리고 신음을 토하기 시작했지만 그의 입술이 그녀의 입술을 꽉 누르고 있었다. 그녀는 늦추려는 듯 도우려는 듯 그대로 유지하려는 듯, 두 다리로 흔들리는 그의 엉덩이를 감쌌다. 브라이드는 축축해져서 콧노래를 부르며 잠을 깼다. 그러나 젖가슴이 있던 자리를 어루만지자 콧노래는 흐느낌으로 바뀌었다. 그때 그녀는 몸의 변화가 그저 그가 떠난 뒤에 시작된 게 아니라 그가 떠났기 때문에 시작되었다는 것을 깨달았다.

가만히 있어, 그녀는 생각했다. 뇌가 흔들거렸지만 그녀는 그것을 바로잡을 것이고, 마치 모든 것이 정상인 양 돌아다닐 것이었다. 아무도 알아서는 안 되고 아무도 보아서는 안 되는 일이

었다. 대화와 활동이 일상적인 궤도를 찾아가야 했다. 목욕 후에 머리를 감는 것처럼. 그녀는 절뚝거리며 부엌 싱크대로 걸어가 세워놓은 주전자에서 사발에 물을 따르고, 머리에 비누칠을 하고 씻어냈다. 마른 수건을 찾아 두리번거리는데 에벌린이 들어왔다.

"어어, 브라이드." 그녀가 말하며 웃음을 지었다. "행주로 말리기엔 머리카락이 너무 많네요. 자, 밖에 나가 앉아요. 햇빛과 신선한 공기 속에서 말릴 수 있으니."

"좋아요, 그러죠." 브라이드가 말했다. 정상적으로 행동하는 게 중요해, 그녀는 생각했다. 그러면 혹시 몸의 변화를 돌이킬 수 있을지도 몰랐다―적어도 정지시킬지 몰랐다. 그녀는 에벌린을 따라 환한 백금 빛 안에서 먹을 감고 있는 마당에 놓인 녹슨 철제 벤치로 갔다. 그 옆에 사이드 테이블이 있고 거기에는 마리화나가 든 깡통과 상표가 없는 술병이 놓여 있었다. 에벌린은 브라이드의 머리카락을 수건으로 닦아주면서 전형적인 미용실 방식으로 수다를 떨었다. 여기 별 아래에서 완벽한 남자와 함께 사는 것이 그녀를 얼마나 행복하게 해주는지, 여행을 하면서, 또 현대적 설비―그녀는 그런 설비는 지속될 수 있는 것이 하나도 없기 때문에 쓰레기로 바뀔 준비를 갖춘 잡동사니에 불과하다고 말했다―없이 살림을 하면서 얼마나 많은 것을 배웠는지,

레인이 그들의 삶을 얼마나 좋게 바꾸어놓았는지.

브라이드가 레인이 언제 어디서 왔느냐고 묻자 에벌린은 자리에 앉더니 컵에 술을 따랐다.

"이야기를 다 하려면 한참 걸려요." 그녀는 말했다. 브라이드는 열심히 귀를 기울였다. 무엇에든. 첫째 자신의 몸이 어떻게 변하고 있는지, 둘째 어떻게 하면 아무도 눈치채지 못하게 할 수 있을지 생각하는 것을 멈출 수 있게 해주는 것이라면 무엇에든. 에벌린은 그녀가 통에서 나올 때 티셔츠를 건네주면서도 눈치를 못 챘거나, 아니면 알면서도 아무 말도 하지 않았다. 브라이드는 재규어에서 구출되었을 때만 해도 젖가슴이 굉장했다. 위스키 클리닉에서도 마찬가지였다. 그런데 이제 사라져버렸다, 유방절제술이 잘못 되어서 젖꼭지만 말짱하게 남은 것처럼. 아픈 데는 전혀 없었다. 생리주기만 묘하게 늦어졌을 뿐 그녀의 기관들은 평소처럼 작동하고 있었다. 그렇다면 도대체 무슨 병을 앓고 있는 것일까? 눈에 보이는 동시에 보이지 않는 병이었다. 그 인간이야, 그녀는 생각했다. 그 인간의 저주다.

"좀 피울래요?" 에벌린이 깡통을 가리켰다.

"네, 좋죠." 그녀는 에벌린의 전문적인 솜씨를 지켜보고 그 결과물을 고맙게 받아들였다. 첫 모금에 기침을 했지만 그뒤로는 전혀 하지 않았다.

한동안 말없이 연기만 뿜고 있다가 브라이드가 마침내 입을 열었다. "빗속에서 아이를 발견했다는 게 무슨 뜻인지 얘기해주세요."

"말 그대로예요. 스티브와 내가 어떤 시위, 어떤 시위였는지는 잊었는데, 어쨌든 시위에 참석한 뒤 차를 몰고 집으로 가고 있는데 어린 여자아이가 흠뻑 젖은 채 현관 벽돌 계단에 앉아 있는 게 보였어요. 그때는 우리한테 낡은 폭스바겐이 있었는데, 스티브가 속도를 늦추다 브레이크를 밟았죠. 우리 둘 다 아이가 길을 잃었거나 아니면 문 열쇠를 잃어버린 거라고 생각했어요. 스티브는 차를 세우고 나와서 어떻게 된 일인지 알아보러 갔어요. 먼저 아이 이름을 물어봤죠."

"아이가 뭐라던가요?"

"아무것도. 아무 말도 하지 않았어요. 그렇게 흠뻑 젖었는데도 아이는 스티브가 앞에 쭈그리고 앉자 고개를 돌렸어요. 그런데 와! 스티브가 아이 어깨에 손을 대니까 벌떡 일어나서 젖은 테니스 신발을 신은 채로 물을 튀기며 달아나지 뭐예요. 그래서 스티브는 차로 돌아왔고 우린 다시 집으로 가려고 했어요. 그런데 그때 비가 제대로 퍼붓기 시작하는 거예요. 너무 심하게 내려서 앞유리 밖이 잘 보이지 않더라고요. 그래서 포기하고 식당 근처에 차를 세웠어요. 브루노라는 이름이었죠. 어쨌든 우리는 차 안에

서 기다리기보다는 식당 안으로 들어가는 게 좋다고 생각했어요. 커피를 주문했지만 그것보다는 비를 피하자는 거였죠."

"그래서 아이는 놓친 건가요?"

"그때는 그랬어요." 에벌린은 마리화나를 다 피우고 컵을 다시 채운 다음 홀짝거렸다.

"아이가 돌아왔나요?"

"아니요, 하지만 빗줄기가 좀 가늘어져서 식당을 떠날 때 아이가 건물 뒤 골목의 쓰레기장 옆에 웅크리고 있는 걸 봤어요."

"맙소사." 브라이드는 골목길에 있던 아이가 자신이거나 한 것처럼 몸을 부르르 떨었다.

"아이를 거기 두고 가지 않겠다고 결정한 건 스티브였어요. 나는 그게 정말 우리가 상관할 일인지 어떤지 자신이 없었는데 스티브는 그냥 그쪽으로 가서 아이를 잡아 어깨에 걸치더군요. 아이가 '납치야! 납치야!' 하고 비명을 질렀지만 그렇게 큰 소리는 아니었어요. 아이는 주의를 끌기를 바라지 않는 것 같았어요. 특히 돼지들한테서는. 경찰 말이에요. 우리는 아이를 뒷좌석에 밀어넣고 차에 탄 다음 문을 잠갔죠."

"아이가 잠잠해지던가요?"

"아, 천만에요. '내려줘' 하고 계속 소리를 질러대면서 우리 좌석 뒤를 발로 걷어찼어요. 나는 아이가 우리를 겁내지 않도록 부

136

드러운 목소리로 이야기를 하려고 노력했어요. 내가 말했어요. '너는 완전히 젖었어, 허니.' 그러자 아이가 이러더군요. '당연하지, 비가 오잖아, 이 나쁜 년아.' 그렇게 밖에 나와 앉아 있는 걸 어머니가 알고 있는지 물었더니 아이는 '당연하지, 그래서 뭐?' 하고 대꾸하더라고요. 그 대답을 들으니 어찌해야 할지 모르겠더라고요. 그러자 아이는 욕을 해대기 시작했어요. 꼬마 입에서 나올 거라고는 도저히 상상도 할 수 없는 지저분한 말들이었어요."

"그래요?"

"스티브와 나는 서로 바라보다가 말없이 어떻게 할지 결정했어요. 아이를 말리고, 씻기고, 먹이고, 그런 다음 어느 집 아이인지 알아보기로 한 거죠."

"아이를 발견했을 때 여섯 살쯤이었다고 했나요?" 브라이드가 물었다.

"그렇게 추측한 거예요. 사실은 몰라요. 아이가 말한 적도 없고 스스로 알기는 할까 하는 생각도 들어요. 아이를 발견했을 때 젖니는 없었어요. 지금까지 생리를 한 적은 없고 가슴은 스케이트보드처럼 납작해요."

브라이드는 화들짝 놀랐다. 납작한 가슴이라는 말 한마디에 갑자기 다시 자신의 문제로 내던져진 것 같았다. 발목만 성했다면 달아났을 것이다. 자신이 다시 조그만 흑인 여자아이로 돌아가

고 있다는 무시무시한 의심으로부터 쏜살같이 도망쳤을 것이다.

밤과 낮이 한 번 지나자 브라이드는 약간 진정이 되었다. 아무도 그녀의 몸의 변화, 티셔츠가 가슴에 납작하게 늘어져 있거나, 귓불이 뚫려 있지 않은 것을 눈치채거나 그 점에 관해 언급하지 않았기 때문이다. 오직 그녀만이 깎지도 않았는데 사라져버린 겨드랑이 털과 음모에 관해 알았다. 따라서 이 모든 게 환각일 수도 있었다. 간신히 잠이 들려고 할 때 꾸게 되는 생생한 꿈 같은 것. 아니, 진짜 그럴까? 그녀는 밤에 두 번, 잠을 깼을 때 레인이 자신을 내려다보며 서 있거나 근처에 쭈그리고 앉아 있는 것을 보았―위협적인 태도를 드러내는 게 아니라 그냥 보고만 있었다. 그러나 말을 걸면 순식간에 사라져버리는 것 같았다.

무력하고, 게으르고. 브라이드는 자신이 왜 그렇게 권태와 싸웠던 것인지 분명하게 알 수 있었다. 정신을 팔 대상이나 신체적인 활동이 없으면 정신은 정처 없이 발을 질질 끌고 다니면서 여기저기에 기억을 흩어놓았다. 차라리 뭔가 한 가지를 집중적으로 걱정하는 게 연결되지도 않는 생각의 해진 조각들보다는 나을 것 같았다. 꿈의 한정된 응집력을 잃은 채, 그녀의 정신은 손톱의 상태에서 걷다가 가로등 기둥에 부딪히던 때로, 유명인사의 가운에 대한 비판에서 자신의 치아 상태로 움직였다. 그녀는 라디오 한 대 없는 원시적인 장소에 처박힌 채로 꼼짝도 못

하고 부부의 일상적인 일―정원을 돌보고, 세탁을 하고, 요리를 하고, 직물을 짜고, 잔디를 깎고, 나무를 패고, 통조림을 만드는 일―을 지켜보기만 했다. 아무도 이야기할 사람이 없었다, 적어도 그녀가 관심이 있는 모든 것에 관해서는. 부커 생각은 하지 않겠다고 단단히 마음먹었지만 그 마음은 번번이 무너졌다. 그를 찾지 못하면 어쩌나? 올리브 씨 또는 부인과 함께 있지 않다면 어쩌나? 그녀가 시작한 추적이 실패로 끝난다면 어떤 것도 제대로 풀리지 않을 터였다. 하지만 성공한다 한들 어떻게 행동하고 무슨 말을 해야 할까? 실비아 주식회사, 그리고 브루클린을 제외하면 그녀는 평생 모든 사람에게 경멸당하고 거부당해왔다고 느꼈다. 부커는 그녀가 마주볼 수 있었던 한 사람이었다―그것은 그녀 자신과 마주보는 것, 그녀 자신을 위해 일어서는 것과 같았다. 그녀가 무슨 가치가 있을까? 가치가 있기는 한 걸까?

그녀는 유일하게 진실한 친구로 생각하는, 의리 있고, 재미있고, 관대한 친구 브루클린이 보고 싶었다. 달리 누가 그 싸구려 모텔에서 벌어진 선혈이 낭자한 공포 드라마 뒤에 그녀를 찾으러 차를 몰고 먼길을 와주고 또 그녀를 그렇게 잘 돌봐줄 수 있을까? 정당하지 않아, 그녀는 생각했다, 자신이 어디에 있는지 그녀가 까맣게 모르게 내버려두는 것은. 물론 친구에게 자신이 도주한 이유를 말할 수는 없었다. 브루클린은 단념시키려고 했

거나, 아니면 더 나쁜 쪽으로, 조롱하고 비웃었을 것이다. 그 생각이 얼마나 경솔하고 무모한지 설득하려 했을 것이다. 그럼에도, 지금 해야 할 올바른 일은 그녀에게 연락을 하는 것이었다.

전화를 할 수 없었기 때문에 브라이드는 편지를 쓰기로 했다. 부탁을 하자 에벌린은 편지지 같은 것은 전혀 없다면서 레인에게 쓰기를 가르칠 때 사용하는 도화지 한 장을 내밀었다. 에벌린은 스티브에게 말해 편지를 부쳐주겠다고 약속했다.

브라이드는 회사 메모를 쓰는 데는 전문가였지만 개인적인 편지는 달랐다. 무슨 말을 해야 하지?

나는 잘 있어, 지금까지는……?

아무 이야기도 하지 않고 떠나서 미안해……?

이 일은 혼자 해야 했어. 왜냐하면……?

그녀는 연필을 내려놓고 손톱을 살폈다.

보통은 에벌린이 베틀로 직물을 짜는 소리가 마음을 달래주었지만, 이날은 북과 페달의 딸깍, 똑, 딸깍 소리에 몹시 짜증이 났다. 그녀의 생각이 어떤 경로로 움직여가든 그 끝에는 수치의 가능성이 기다리고 있었다. 부커가 위스키라는 이름의 타운에 살고 있지 않다면. 하지만 살고 있다면 그때는 어쩔 것인가? 그가 다른 여자와 함께 살고 있다면 어쩔 것인가? 되는대로 "나한테 한 짓 때문에 미워"나 "나한테 돌아와줘" 하고 말하는 것 외

에 달리 무슨 말을 해야 할까? 어쩌면 그에게 상처를 줄, 정말로 상처를 줄 방법을 찾을 수 있을지도 모른다. 생각들이 뒤죽박죽이기는 했지만 그래도 한 가지 요구를 둘러싸고 합쳐지고 있었다―결과에 상관없이 그와 대면해야 한다는 양보할 수 없는 요구였다. "이러면 어떻게 하나" 하는 걱정과 에벌린의 베틀 소리 때문에 화가 나고 짜증이 난 그녀는 절뚝거리며 밖으로 나가기로 했다. 그녀는 문을 열며 불렀다. "레인, 레인."

아이는 풀밭에 엎드려 개미들이 줄을 지어 문명화된 사업을 진행하는 광경을 지켜보고 있었다.

"네?" 레인이 고개를 들었다.

"산책하러 가고 싶어?"

"뭐하러요?" 아이의 목소리로 판단하건대 브라이드의 벗을 해주는 것보다는 개미가 훨씬 재미있는 것이 분명했다.

"나도 모르겠어." 브라이드가 말했다.

그 대답이 만족스러운 모양이었다. 아이가 웃음을 지으며 벌떡 일어나더니 반바지의 먼지를 털어냈다. "좋아요, 원하심."

그들 사이의 정적은 처음 얼마 동안은 각자 자기 생각에 깊이 빠져든 듯하여 편하게 느껴졌다. 브라이드는 절뚝거렸고, 레인은 관목들이나 풀의 가장자리를 따라 깡충거리거나 어슬렁거렸다. 길을 따라 반 마일쯤 내려갔을 때 레인의 쉰 목소리가 침묵

을 깼다.

"나를 훔쳐왔어요."

"누가? 스티브하고 에벌린이?" 브라이드는 발을 멈추고 레인이 종아리 긁는 것을 지켜보았다. "두 분은 너를 발견했다고 하던데, 빗속에 앉아 있는 걸."

"넵."

"그런데 왜 '훔쳤다'는 말을 해?"

"내가 데리고 가달라고 하지도 않았고 나한테 가고 싶으냐고 물어보지도 않았으니까요."

"그런데 왜 따라왔어?"

"다 젖었고, 얼어죽을 것 같았어요. 에벌린이 담요를 주고 먹으라고 건포도 상자를 줬어요."

"두 사람이 너를 데려와서 안 좋아?" 그렇지 않을 것 같은데, 브라이드는 생각했다―안 좋았으면 넌 달아났을 거잖아.

"아, 아니요. 절대 아니죠. 여기가 가장 좋은 곳이에요. 게다가 달리 갈 곳도 없고요." 레인은 하품을 하고 코를 문질렀다.

"집이 없다는 거야?"

"있었지만 거기엔 어머니가 살고 있어요."

"그래서 달아났구나."

"아니, 안 그랬어요. 어머니가 나를 내쫓았어요. '씨발 여기서

나가' 그랬죠. 그래서 나왔어요."

"왜? 왜 어머니가 그런 짓을 해?" 어머니 아니라 누구라도 왜 아이에게 그런 짓을 할까? 브라이드는 의문을 품었다. 심지어 스위트니스조차, 오랜 세월 그녀를 똑바로 보거나 그녀에게 손을 대려 하지 않았으면서도 내쫓은 적은 없었다.

"내가 그를 물었거든요."

"누굴 물어?"

"어떤 남자. 단골. 어머니가 나한테 그걸 해도 좋다고 허락한 남자들 가운데 하나. 어머, 보세요, 블루베리야!" 레인은 길가의 관목 숲을 뒤졌다.

"잠깐." 브라이드가 말했다. "너한테 뭘 해?"

"오줌 누는 걸 내 입에 꽂아넣었는데 내가 깨물었어요. 그래서 어머니는 그 남자한테 사과하고, 이십 달러짜리를 돌려주고, 나를 밖에 나가 서 있게 했어요." 베리는 썼다. 아이가 기대하던 야생의 달콤한 과일이 아니었다. "다시 안에 들어가게 해주지 않았어요. 난 계속 문을 두드렸죠. 어머니는 문을 한 번 열더니 스웨터를 던졌어요." 레인은 마지막으로 입에 넣은 블루베리를 흙에 뱉어냈다.

그 장면을 상상하자 브라이드의 뱃속이 퍼덕거렸다. 사람이 도대체 어떻게 아이에게, 어떤 아이에게라도, 하물며 자기 애한

테 그런 짓을 할 수 있을까? "다시 어머니를 보게 되면 뭐라고 할 거야?"

레인은 생글생글 웃었다. "아무 말도요. 머리를 탁 잘라버릴 거야."

"오, 레인. 진심으로 하는 말은 아니지."

"아니, 진심이에요. 많이 생각해봤어요. 그럼 어떤 모습일까— 눈, 입, 목에서 확 뿜어져나오는 피. 생각만 해도 기분이 좋아졌어요."

바위의 부드러운 콧날이 도로와 평행하게 솟아 있었다. 브라이드가 레인의 손을 잡고 살며시 돌로 이끌었다. 두 사람은 자리에 앉았다. 둘 다 길 건너편 나무들 사이에 서 있는 어미 사슴과 새끼를 보지 못했다. 한 쌍의 인간을 지켜보는 사슴은 옆에 서 있는 나무만큼이나 고요했다. 새끼가 어미의 옆구리에 몸을 기대고 있었다.

"말해줘." 브라이드가 말했다. "나한테 얘기해봐."

브라이드의 목소리에 어미와 새끼는 달아났다.

"어서, 레인." 브라이드는 레인의 무릎에 손을 얹었다. "말해줘."

그러자 레인은 말해주었다. 아이가 거리에서 생활하는 데 필요한 임기응변, 완벽한 기억, 용기를 묘사하는 동안, 에메랄드빛 눈은 때로는 반짝이며 커지기도 하고 때로는 짙은 올리브색의

가늘고 긴 틈같이 되기도 했다. 공중화장실이 어디 있는지 알아내야 해요, 아이가 말했다. 아동복지회, 경찰을 피하는 방법, 주정뱅이, 약에 취한 사람들에게서 탈출하는 방법. 하지만 안전하게 잘 수 있는 곳을 알아두는 게 가장 중요한 일이었다. 시간이 걸리는 일이었고, 어떤 종류의 사람들이 돈을 주는지 또 왜 주는지 배워야 했고, 친절하고 너그러운 급사가 있는 식료품 저장실이나 레스토랑의 뒷문을 기억해야 했다. 가장 큰 문제는 먹을 걸 찾아낸 뒤 나중을 위해 저장해두는 것이었다. 아이는 일부러 어떤 친구도 만들지 않았다—나이가 어리든 많든, 정착한 미치광이든 돌아다니는 미치광이든. 누구라도 신고를 하거나 해를 입힐 수 있었다. 길모퉁이의 매춘부들이 가장 착했고 그들은 아이에게 그들이 하는 일의 위험에 관해 알려주었다—돈을 내지 않는 남자들, 하고 나서 체포하는 경찰들, 재미 삼아 괴롭히는 남자들. 레인은 자기한테는 그런 걸 일깨워줄 필요가 없었다고 말했다. 전에 정말 늙은 어떤 남자가 아이를 너무 아프게 해서 피를 흘렸을 때 어머니가 남자와 따귀를 때리며 "나가!" 하고 소리치고 나서 아이에게 노란 파우더로 질 세척을 해준 적이 있었기 때문이다. 남자들이 무서웠다고, 레인은 그렇게 고백했다. 또 역겨움을 느꼈다. 아이가 구세군 트럭 정류장의 어떤 층계에 앉아 기다리고 있는데 비가 내리기 시작했다. 트럭의 부인이 전에 몇

번 슬쩍 먹을 걸 준 것처럼 이번에는 외투나 신발을 줄지도 몰랐다. 그때 에벌린과 스티브가 다가왔고, 스티브가 건드리자 어머니의 집에 오던 남자들이 생각나 달아나서 숨는 바람에 아이는 먹을 것을 주는 부인을 만날 수 없었다.

레인은 노숙자 생활을 묘사하면서 이따금씩 낄낄거렸고, 자신의 재치와 탈출을 다시 음미했지만, 브라이드는 자신이 아닌 누군가를 위해 눈물을 흘릴 위험에 빠지지 않으려 안간힘을 써야했다. 그녀는 자기 연민이라고는 전혀 없는 이 강인한 어린 소녀의 이야기에 귀를 기울이다가 놀랍게도 전혀 질투심이 섞이지 않은 동반자가 된 듯한 느낌을 받았다. 마치 여자아이들이 가까워지듯이.

레인

언니는 가버렸어, 나의 검은 여인은. 언니가 차에서 꼼짝도 못하고 있는 걸 봤을 때 처음엔 언니의 눈이 무서웠어. 실키, 내 고양이 눈이 그랬거든. 하지만 오래지 않아 언니를 무척 좋아하게 됐어. 언니는 아주 예뻤어. 가끔 언니가 자고 있을 때 그냥 들여다보곤 했어. 오늘 언니의 차가 다른 색깔의 망가진 문을 달고 돌아왔어. 떠나기 전에 언니는 내게 면도솔을 주었어. 스티브는 턱수염이 있어서 그게 필요하지 않다고 해서 내가 고양이 털을 빗질할 때 써. 이제 언니가 사라져서 슬퍼. 누구하고 얘기를 할 수 있을지 모르겠어. 에벌린은 나한테 정말 잘해주고 스티브도 마찬가지지만 내가 어머니 집은 어땠는지 아니면 쫓겨났을 때 내가 얼마나 똑똑했는지 이야기하면 얼굴을 찌푸리거나 고개

를 돌려. 어쨌든 처음 여기 왔을 때 그랬던 것처럼 두 사람을 죽이고 싶지는 않아. 하지만 그때는 다 죽이고 싶었어―새끼 고양이를 가져다주기 전까지는. 이제는 어른 고양이가 되어서 나는 개한테 모든 걸 다 얘기해. 나의 검은 여인은 내가 그때 어땠는지 얘기하면 들어줘. 스티브는 내가 그 이야기를 하는 걸 허락하지 않아. 에벌린도 마찬가지야. 두 사람은 내가 읽을 수 있다고 생각하지만 난 못 읽어, 뭐 어쩌면 조금 읽을 수 있는 건지도―간판 같은 거. 에벌린은 나를 가르치려 애쓰고 있어. 그걸 재택 교육이라고 불러. 난 재택 잡담, 재택 천치라고 부르지만. 우린 가짜 가족이야―괜찮기는 하지만 가짜야. 에벌린은 좋은 대리 어머니지만 난 차라리 나의 검은 여인 같은 언니가 있는 게 좋을 것 같아. 나는 아빠가 없어, 아빠가 어머니 집에 살지 않았기 때문에 누군지 모른다는 말이야. 하지만 스티브는 낮에 어디로 일을 하러 가지 않는 한 늘 여기 있어. 나의 검은 여인은 착하지만 강하기도 해. 에벌린과 스티브를 만나기 전에 내가 어떻게 살았는지 다 이야기한 뒤에 집으로 돌아오는데 큰 남자아이들이 탄 트럭 한 대가 우리 옆을 지나갔어. 아이 하나가 "야, 레인. 너네 엄마는 누구냐?" 하고 소리를 질렀어. 나의 검은 여인은 고개를 돌리지 않았지만 나는 혀를 쏙 내밀고 엄지를 코에 대고 놀렸어. 아이들 가운데는 리지스도 있었어. 가끔 자기 아버지와 같

이 장작이나 옥수수가 든 바구니를 주러 우리집에 오기 때문에 아는 애야. 운전하는 애는 나이가 더 많았는데 우리를 쫓아오려고 트럭을 빙그르 돌렸어. 리지스는 스티브 것과 똑같이 생긴 산탄총으로 우리를 겨누었어. 나의 검은 여인은 개를 보고는 내 얼굴 앞으로 팔을 쑥 내밀었어. 산탄이 언니의 손과 팔을 엉망으로 만들었어. 우리는, 둘 다, 쓰러졌어. 언니가 내 몸 위로 쓰러졌지. 트럭이 갑자기 속력을 내며 쏜살같이 달렸고 리지스가 고개를 푹 숙이는 게 보였어. 언니가 일어나는 걸 돕고 피가 흐르는 팔을 붙들고 언니의 발목이 버텨주는 대로 최대한 빨리 서둘러서 집으로 돌아오는 것 말고 내가 뭘 할 수 있었겠어. 스티브는 언니의 손과 팔에서 아주 작은 산탄을 빼내면서 리지스의 아버지에게 주의를 주겠다고 했어. 에벌린은 나의 검은 여인의 피부에서 피를 닦아내고 손 전체에 요오드를 들이부었어. 나의 검은 여인은 아픈 얼굴이었지만 울지 않았어. 내 심장은 빠르게 뛰고 있었어. 전에는 아무도 그런 적이 없었기 때문이야. 그러니까 내 말은 스티브와 에벌린이 나를 집에 받아주고 그 모든 걸 다 해줬지만 나를 구하기 위해, 내 생명을 구하기 위해 자신을 위험에 던진 사람은 아무도 없었다는 거야. 하지만 나의 검은 여인은 생각조차 해보지 않고 그렇게 했어.

언니는 이제 가버렸지만 언젠가 혹시 다시 보게 될지 누가 알

겠어.

나의 검은 여인이 보고 싶어.

3부

❖

 그의 주먹에 피가 묻고 손가락들이 부어오르기 시작했다. 그
가 두들겨 패던 낯선 사람은 이제 움직이지도 않았고 신음을 토
하지도 않았지만, 그는 학생이나 캠퍼스 경비원이 자신을 잔디
에 누운 남자가 아니라 무법자라고 생각하기 전에 얼른 자리를
피하는 게 좋다는 것을 알았다. 그는 두들겨 팬 사람을 처음 캠
퍼스의 놀이터 가장자리에서 보았던 모습 그대로, 청바지가 열
리고 음경이 드러난 채로 내버려두었다. 교수 자녀 몇 명이 미끄
럼틀 근처에 있었고 한 명은 그네를 타고 있었다. 그 남자가 입
술을 핥으며 그들을 향해 작고 하얀 연골을 흔들었을 때조차 아
무도 눈치채지 못하는 것 같았다. 그가 알게 된 것은 입술을 핥
는 것 때문이었다─혀가 윗입술을 스치고, 침을 삼킨 다음 다시

스쳤다. 남자에게는 아이들을 보는 것이 만지는 것만큼이나 쾌락을 주는 게 분명했다. 그의 뒤틀린 마음속에서 아이들이 그를 부르고 그는 그들의 통통한 허벅지와 꼭 끼는 작은 엉덩이에 응답하고 있는 것이 분명했다. 아이들은 팬티나 반바지 차림으로 미끄럼틀에 올라가거나 그네에서 허공에 발길질을 하면서 그를 유혹하고 있었다.

생각을 하기도 전에 부커의 주먹이 남자의 입에 가 박혔다. 가볍게 흩뿌려진 피가 그의 운동용 스웨터에 얼룩졌고, 남자가 의식을 잃자 부커는 바닥에서 책가방을 집어들고 자리를 떴다―너무 빠르지는 않았지만 길을 건너 스웨터를 뒤집어 입고 늦지 않게 수업에 갈 수 있을 만큼은 빠른 속도였다. 지각을 피하지는 못했지만, 그가 도착했을 때는 살금살금 강의실로 들어가는 다른 학생들이 몇 명 있었다. 지각생들은 맨 뒤 몇 줄에 앉아 백팩, 서류가방, 노트북을 책상에 쿵 내려놓았다. 그 가운데 오직 한 학생만 공책을 꺼냈다. 부커도 종이에 연필로 쓰는 것을 더 좋아했지만, 손가락이 부어서 쓰기가 어려웠다. 그래서 잠깐 귀를 기울이다가 잠깐 백일몽을 꾸고 하품을 가리려고 손으로 입을 막았다.

교수는 거의 모든 강의에서 그러는 것처럼 이번에도 애덤 스미스의 틀린 생각에 관해 계속 이야기했다. 마치 경제학사에서

쓰레기 취급을 할 학자가 그 사람 한 명뿐이라는 듯이. 밀턴 프리드먼이나 그 카멜레온 카를 마르크스는 어떨까? 부커가 맘몬*에 몰두하게 된 것은 최근이었다. 사 년 전 학부생 시절 심리학, 정치학, 인문학 등 몇 가지 교과과정의 수업을 조금씩 들어보았다. 아프리카계 미국학 강의도 여러 개 들었는데, 그곳의 최고 교수들은 묘사에는 뛰어났지만 '왜'로 시작되는 질문에는 만족스러운 답을 주지 못했다. 그는 노예제, 린치, 강제노동, 소작, 인종차별, '재편입'**, 짐 크로***, 징역 노동, 이주, 시민권, 흑인혁명 운동과 관련된 진짜 답 대부분은 모두 핵심이 돈이라고 생각했다. 주지 않은 돈, 훔친 돈, 권력으로서의 돈, 전쟁으로서의 돈. 오직 노예제 하나만으로 온 나라를 이십 년 만에 단숨에 농업시대에서 산업시대로 끌어올린 과정을 다루는 강의는 어디 있을까? 백인의 증오, 그들의 폭력은 이윤이라는 동력기가 계속 돌아가게 하는 가솔린이었다. 그래서 그는 대학원생이 되자 돈이 세계의 모든 억압 하나하나를 형성하고, 제국, 나라, 식민지를 창조하고, 신과 신의 적들을 고용해 부를 수확하고 감추어준 과정을 배우려고 경제학—그 역사, 그 이론—으로 방향을 틀었다.

---

* 부(富)의 신.
** 미국 내전 후 남부의 주들을 연방에 다시 통합한 것.
*** 1876년부터 1965년까지 시행된 미국의 흑인 차별법.

그는 두들겨 맞고 반은 벌거벗은 채 십자가에 매달려서 배신을 외친 무일푼의 '유대인의 왕'과 보석으로 장식한 화려한 옷을 입고서 바티칸의 지하 금고 위에서 조곤조곤 설교하는 교황을 습관적으로 대비시켜보곤 했다. 부커 스타번의 『십자가와 지하 금고』. 이것이 그의 책 제목이 될 터였다.

강의에 별 감명을 받지 못한 그는 놀이터 근처에 노출된 채 누워 있는 남자 쪽으로 생각이 미끄러져가는 것을 굳이 막지 않았다. 대머리. 평범한 외모. 아마도 다른 면에서는 좋은 사람일 것이다—늘 그랬으니까. "세상에서 가장 좋은 사람"이라고, 이웃들은 늘 그렇게 말했다. "파리 한 마리 죽이지 못할 거예요." 그 상투적인 표현은 어디에서 왔을까? 왜 파리 한 마리 죽이지 못한다고 할까? 너무 마음이 약해서 병을 옮기는 벌레의 목숨은 빼앗지 못하지만 아이의 생명에는 기쁘게 도끼질을 할 수 있다는 뜻일까?

부커는 집안에 텔레비전이 눈에 띄지 않는 긴밀한 대가족 속에서 자랐다. 대학에 처음 들어오자 텔레비전/인터넷 세계에 둘러싸여 살게 되었는데, 그에게는 매스 커뮤니케이션의 방법과 내용이 모두 오락으로 가득차 있고 통찰이나 지식은 거의 없는 것처럼 보였다. 날씨 채널이 정보를 주는 유일한 원천이었지만 그것들도 대부분은 엉뚱하거나 히스테리에 사로잡혀 있었다. 그

리고 비디오 게임들—이건 아무 목적 없이 치면 효과만 있었다. 매일 매일의 정보는 라디오와 신문에서만 얻고 오락은 레코드판에서 얻는 책 읽는 가족에서 성장했기 때문에 그는 모든 기숙사 방과 라운지, 학생 상대의 바에서 빵빵 터지는 게임의 스크린 사운드에 대한 동기들의 열광을 거짓으로 흉내낼 수밖에 없었다. 그는 자신이 그 회로로부터 멀리, 멀리 벗어나 있다는 것을 알고 있었다—그는 테크의 흥미진진한 세계를 공유할 수 없는 러다이트*였고, 1학년 때는 그것 때문에 창피했다. 그는 직접 만나 나누는 이야기와 종이 위의 글로 형성되어온 사람이었다. 매주 토요일 아침, 부모는 아침식사 전에 무엇보다 먼저 자식들과 회의를 열었고, 자식들은 자신에게 던져진 두 가지 질문에 답해야 했다. 1. 어떤 진실을 배웠는가(그리고 그것이 진실임을 어떻게 아는가)? 2. 자신에게 어떤 문제가 있는가? 오랜 세월에 걸쳐 첫번째 질문에 대한 답은 "벌레는 날 수 없다" "얼음은 뜨겁다" "우리 주州에는 카운티가 세 개밖에 없다"에서 "졸이 여왕보다 강하다"에 이르기까지 다양하게 나왔다. 두번째 질문과 관련된 주제는 "어떤 여자애가 내 따귀를 때렸다" "다시 여드름이 난다" "대

---

* 테크는 테크놀로지, 러다이트는 원래 산업혁명기에 기계파괴운동을 하던 사람들을 가리킨다.

수학" "라틴어 동사의 접속법" 등이었다. 개인적인 문제에 관한 질문들에 대해 탁자에 앉은 누구라도 답을 제시할 수 있었고, 그런 문제들을 풀거나 미결로 남겨두기로 결정한 뒤에야 아이들은 목욕을 하고 옷을 입으러 가라는 말을 들었다—나이가 많은 아이가 더 어린 아이를 도와주었다. 부커는 주말의 하이라이트, 어머니가 차려주는 엄청난 아침 잔칫상으로 보답받는 그 토요일 아침 회의를 사랑했다—정말이지 향연이었다. 뜨거운 비스킷, 그건 작고 껍질이 벗겨지곤 했다. 그리츠*, 이건 눈처럼 하얗고 혀가 델 만큼 뜨거웠다. 두들겨서 옅은 노란색 크림처럼 변한 달걀. 지글거리는 소시지 패티**, 얇게 썬 토마토, 딸기잼, 새로 짠 오렌지주스, 메이슨 유리병에 담긴 차가운 우유. 어떤 음식들은 어머니가 주말 잔치를 위해 아껴두었다. 주중에는 소박하게 먹었기 때문이다. 오트밀, 제철 과일, 밥, 말린 콩 그리고 구할 수 있는 모든 녹색 잎. 그러니까 케일, 시금치, 양배추, 콜라드, 겨자, 무청 등. 대신 주말 아침 메뉴는 일부러 호화롭게 꾸몄다. 며칠간 결핍을 겪은 뒤였기 때문이다.

애덤이 어디 있는지 아무도 모르던 긴 몇 달 동안만 가족회의

---

* 굵게 빻은 옥수수.
** 작은 파이.

와 호화로운 아침식사가 중단되었다. 그 몇 달 동안은 고요가 집 안 전체에 시간폭탄처럼 똑딱거렸고, 폭탄은 종종 말다툼, 어리석고 아무 의미 없이 비열하기만 한 말다툼으로 폭발하곤 했다.

"엄마, 쟤가 날 보고 있어요!"

"걔 보지 마."

"쟤가 돌아보고 있어요!"

"돌아보지 마."

"엄마!"

경찰이 애덤을 찾는 일을 도와달라는 애원에 답하고 처음으로 한 일은 스타번의 집 수색이었다—마치 안달하는 부모가 그 일에 책임이 있다는 듯이. 그들은 아버지에게 전과가 있는지 확인했다. 없었다. "다시 연락드리죠." 그들은 말했다. 그런 다음 중단해버렸다. 어린 흑인 아이가 또 한 명 사라졌다. 그래서?

부커의 아버지는 사랑하던 래그타임*, 올드타임, 재즈 레코드도 틀지 않으려 했다. 부커는 그 가운데 일부는 없어도 살 수 있었지만 새치모**는 있어야 했다. 형제를 잃는 것은 물론 힘들었고—그것 때문에 그는 심장이 찢어졌다—그러나 루이 암스트

---

* 재즈 음악의 시초.
** Satchmo. '큰 입'이라는 뜻으로 루이 암스트롱의 애칭.

롱의 트럼펫이 없는 세계는 그의 심장을 으깨놓았다.

그러다가 봄이 시작될 무렵, 잔디의 나무들이 멋을 부리기 시작할 때 애덤이 발견되었다. 지하 수로에서.

부커는 아버지와 함께 유해를 확인하러 갔다. 더러웠고, 쥐가 갉아먹었고, 한쪽 눈은 뻥 뚫린 눈구멍만 남아 있었다. 잔뜩 먹어서 환희에 가슴이 터져나갈 듯한 구더기들은 진흙이 줄무늬처럼 덕지덕지 앉은 노란 티셔츠 밑에 꼼꼼하게 닦아낸 듯 하얀 뼈만 남겨두고 다 집으로 가버린 뒤였다. 주검은 바지와 신발을 벗은 채였다. 부커의 어머니는 거기 갈 수 없었다. 그녀는 자신의 첫아이의 어리고 말로 표현할 수 없는 아름다움을 간직한 이미지 말고는 어느 것도 머릿속에 새겨넣으려 하지 않았다.

관 뚜껑을 닫은 장례식은 부커의 눈에 값싸고 쓸쓸해 보였다. 설교자가 우렁차게 웅변을 하고, 많은 이웃들이 참석하고, 세심하게 만든 음식이 연거푸 그들의 부엌으로 전해졌음에도. 바로 그런 지나침 때문에 더욱 쓸쓸했다. 마치 쌍둥이처럼 가까웠던 그의 형이 다시 묻히고, 노래, 설교, 눈물, 사람, 꽃 밑에서 질식당하는 중인 것 같았다. 그는 애도의 방향을 다시 잡고 싶었다—개인적이고, 특별하고, 무엇보다 자신만의 것으로 만들고

싶었다. 애덤은 그가 숭배하던 형이었고, 그보다 두 살 위였으며 사탕수수처럼 달콤했다. 그가 자궁 안에서 함께 웅크리고 있던 형제의 흠 없는 대체자였다. 살아서 숨 한 번 쉬지 못했다고 들었던 그 형제. 자신에게 살아서 태어나지 못한 쌍둥이 형제가 있었다는 이야기는 세 살 때 들었지만 어떻게 된 일인지 부커는 그 전부터 쭉 그 사실을 알고 있었다—텅 비었지만 따뜻한 어떤 것이 자기 옆에서 걷거나, 마당에서 노는 동안 포치 계단에서 기다리는 느낌이었다. 부커가 덮는 이불을 함께 덮고 있는 존재. 나이가 들면서 그 텅 빈 형태는 희미해지면서 일종의 내적인 동반자로 옮겨갔고, 그는 그 동반자의 반응과 직감을 존중했다. 부커가 입학해 매일 애덤과 함께 학교에 걸어다니게 되자 대체는 완전하게 이루어졌다. 그래서 애덤이 살해당하자 부커에게는 이제 동반자가 없었다. 둘 다 죽어버렸다.

부커가 마지막으로 보았을 때 애덤은 어스름 녘에 스케이트보드를 타고 보도를 따라 내려가고 있었다. 북방물푸레나무 밑으로 노란 티셔츠가 형광빛을 발했다. 9월 초였고 어떤 곳의 어느 것도 죽음을 시작하지 않았을 때였다. 단풍나무 잎들은 녹색이 불멸인 것처럼 굴었다. 물푸레나무는 여전히 구름 없는 하늘을 향해 기어오르고 있었다. 태양은 지는 과정에서 공격적으로 살아나기 시작했다. 애덤은 산울타리와 우뚝 솟은 나무들 사이로

보도를 따라 둥둥 떠내려갔다. 살아 있는 태양의 아가리를 향해 어둑어둑한 터널을 따라 움직여가는 금빛 점 하나.

애덤Adam은 부커에게 형제 이상, 알파벳 순서에 따라 자식들에게 이름을 지어준 부모의 'A' 이상이었다. 그는 부커가 무엇을 생각하고 느끼는지 아는 존재였고, 기질은 시끌벅적하고 남을 가르치려 드는 쪽이었지만 결코 잔인하지 않았다. 형제들 각각을 사랑하지만 특히 부커를 사랑하던 가장 똑똑한 존재였다.

부커는 노란 빛이 마지막으로 거리를 따라 터널을 통과해 내려가던 광경을 잊을 수가 없어 관 뚜껑에 노란 장미 한 송이를 올려놓았고, 나중에 무덤가에도 한 송이를 더 올려놓았다. 죽은 아이를 묻고 스타번 가족을 위로하려고 멀리서 친척들이 왔다. 그들 가운데는 외할아버지 드루 씨도 있었다. 그는 성공을 거둔 사람이었고, 자신만큼 부자가 아닌 모두에게 노골적으로 적대적인 태도를 보이는 할아버지였고, 심지어 그의 딸조차 "아버지"나 "아빠"가 아니라 "드루 씨"라고 부르는 사람이었다. 그러나 가차없는 악덕 집주인 노릇으로 돈을 번 이 노인은 그나마 남아 있던 예의를 차려, 안간힘을 쓰는 이 가족에게 느끼는 경멸을 겉으로 드러내지는 않았다.

장례식 뒤 집은 머뭇머뭇 일상으로 돌아갔고, 루이, 엘라, 시드니 베셰, 젤리 롤, 킹 올리버, 벙크 존슨의 격려하는 소리가 배

경의 레코드 플레이어에서 나와 둥둥 떠다녔다. 가족회의와 아침식사도 돌아와, 부커와 형제들인 캐럴, 도너번, 엘리, 페이버, 굿맨 모두 늘 나오는 질문에 대해 흥미로운 답을 찾아낼 궁리를 했다. 시간이 지나면서 가족 전체가 〈세서미 스트리트〉*에 나오는 인형들처럼 활기를 띠고, 열심히 노력하기만 하면 명랑한 분위기가 생활에 설탕을 뿌려주고 죽은 자를 잠잠하게 해줄 거라고 기대하게 되었다. 그러나 부커는 그들의 농담은 억지스럽고 만들어낸 문제들은 그릇되었을 뿐 아니라 모욕적이라고 생각했다. 장례식과 그뒤 며칠 동안 찾아온 친척 중 한 사람, 퀸이라고 불리던 고모만이 부커가 아무 생각 없는 기계적인 반복이라고 여기던 것에서 예외가 되는 존재였다. 아무도 그녀의 성을 기억하지 못했는데 남편이 너무 많았기 때문이라는 소문이 돌았다―하나는 멕시칸, 그다음 둘은 백인, 흑인 넷, 아시아인 하나. 하지만 순서는 아무도 제대로 기억하지 못했다. 불이 붙은 듯 붉은 머리에 체격이 좋은 그녀는 애덤의 장례식에 참석하려고 캘리포니아에서 그 먼길을 와주어 슬픔에 잠긴 가족을 놀라게 했다. 그녀만이 조카의 분노 섞인 슬픔을 느끼고 그를 옆으로 잡아당겼다.

---

* 미국의 장수 어린이 프로그램.

"형을 그냥 보내지 마." 그녀는 말했다. "형이 준비가 될 때까지는. 그동안은 악착같이 달라붙어. 때가 되면 애덤이 알려줄 거야."

그녀는 부커를 위로하고, 부커에게 힘을 주고, 그가 가족에게서 느낀 비난이 부당하다는 데 동의해주었다.

부커는 아버지가 틀어놓는 영혼을 확장하는 음악에 의지해 헝클어진 감정들에 기름칠을 하고 바로잡았는데, 그것이 사라질 수도 있는 또다른 위기가 올 것에 대비해 트럼펫을 배워도 되겠느냐고 아버지에게 물었다. 물론이다, 스타번 씨는 말했다, 아들이 교습비의 반을 벌 수만 있다면. 부커는 이웃을 졸라 일을 얻어 토요일 회의에 빠지고 트럼펫 레슨을 받을 만한 돈을 벌었고, 그것으로 형제들을 향해 싹트는 관용적이지 못한 태도를 녹였다. 어떻게 그들은 다 끝난 척할 수 있을까? 어떻게 잊고 그냥 앞으로 나아갈 수 있을까? 살인자는 누구고 어디 있을까?

트럼펫 선생은 아침 일찍부터 술에 약간 취해 있기는 했지만 그럼에도 불구하고 훌륭한 뮤지션이었고 교사로서는 그보다 훨씬 뛰어났다.

"네게 허파도 있고 손가락도 있으니, 이제 입술이 필요해. 그 세 가지를 함께 갖추면 그런 건 다 잊어버리고 음악이 흘러나오게 할 수 있어."

그는 끈질긴 노력으로 그것을 이루어냈다.

육 년 뒤 부커가 열네 살이 되고 미약하나마 어느 정도 숙달된 트럼펫 연주자가 되었을 때, 세상에서 가장 착한 사람이 여섯 명의 소년을 SSS, 즉 성적 자극을 받아 살해sexually stimulated slaughter한 혐의로 체포되어 재판을 받고 유죄가 확정되었다. 애덤의 이름을 포함한 여섯 아이의 이름이 세상에서 가장 착한 사람의 어깨에 문신으로 새겨져 있었다. 보이시. 레니. 애덤. 매슈. 케빈. 롤런드. 피해자들은 〈위 아 더 월드〉 비디오에 등장하는 아이들 같았고 그는 평등한 기회를 신봉하는 살인자임이 분명했다. 그에게 문신을 해준 사람은 그것이 다른 사람들 자식이 아니라 그 사람의 자식들 이름인 줄 알았다고 말했다.

세상에서 가장 착한 남자는 느긋한 성격의 퇴직한 자동차 수리공으로, 돌아다니며 수리할 가전을 찾았다. 그는 낡은 냉장고를 특히 잘 고쳤다―50년대에 오래 쓸 수 있도록 만든 필코와 GE, 그리고 낡은 가스스토브와 보일러도. "먼지가 문제지요." 그는 말하곤 했다. "기계는 대부분 청소를 한 번도 해주지 않아서 죽습니다." 그를 고용한 사람은 모두 그 충고를 기억했다. 몇 사람이 기억하는 또다른 특징은 그의 웃음이었다. 얼마나 따뜻이 반기는, 매력적이기까지 한 미소인지. 그 외에 그는 꼼꼼하고, 유능하고, 그래, 착했다. 사람들이 그에 관해 가장 잘 기억하

는 다른 한 가지는 밴에 늘 귀여운 작은 강아지를 태우고 다녔다는 것이었다. 그가 "보이"라고 부르는 테리어였다. 경찰은 자세한 내용은 가능한 한 알려주려 하지 않았지만 살해당한 아이들의 가족들을 막거나 침묵시킬 수는 없었다. 살인자가 자기 자식에게 했을 수도 있는 일을 두고 그간 꾸어왔던 악몽들이 실제로 벌어진 일의 진상보다 더 클 수는 없었다. 시체안치소에서 보낸 시간, 끙끙거리거나 울거나 얼굴이 돌처럼 굳어지거나 무력하게 정신을 잃은 채 드러누운 채 보낸 시간의 기억들 주위에 육 년 동안의 슬픔과 대답 없는 질문들이 엉겨붙었다.

애덤은 발견되었을 때 남은 게 별로 없었지만 비교적 최근에 유괴당한 경우 자세한 내용은 소름이 끼쳤다. 아이들은 묶인 채 괴롭힘을 당했던 것으로 보이며, 고문과 절단도 있었다. 세상에서 가장 착한 사람은 작고 하얀 테리어를 미끼로 사용한 게 분명했다. 중요한 증인인 나이든 미망인은 한 아이가 그의 밴 조수석에서 작은 개를 얼굴까지 들어올리며 웃음을 터뜨리는 것을 보았다고 기억했다. 나중에 상점 진열장과 전신주, 나무에 붙은 실종 소년의 전단을 본 뒤 그녀는 한 얼굴이 그때 웃음을 터뜨리던 얼굴과 닮았다고 생각했다. 그녀는 경찰에 전화를 했다. 물론 경찰은 그 밴을 알았다. 밴은 빨간색과 파란색 글자로 자신이 할 수 있는 일을 광고했다. 문제? 해결! WM. V. 험볼트. 가전 수리.

험볼트 씨의 집을 수색한 결과 지하실에서 마른 피를 과시하는 매트리스와 함께 정교하게 장식된 사탕 깡통이 발견되었는데, 그 안에는 세심하게 포장한 마른 살 조각이 담겨 있었다. 자세히 조사해보지 않아도 작은 음경들이라는 것을 알 수 있었다.

　정의로 위장된 복수를 원하는 공적 요구와 외침이 약탈하듯 마구 퍼져나갔다. 서명, 법원 앞 시위, 신문 사설―범인을 참수하지 않고는 그 어떤 것도 잠잠해지지 않을 것 같았다. 부커 역시 그 합창에 참여했지만 사실 그런 손쉬운 해법에는 흥미를 느끼지 못했다. 그가 원하는 것은 그 사람의 죽음이 아니었다. 그는 그가 살기를 원했고, 끝없이 고통과 절망의 시나리오를 만들어내며 시간을 보내기를 바랐다. 아프리카에는 주검을 살인자의 등에 묶는 부족이 있지 않았나? 그것이라면 틀림없이 정의가 이루어질 터였다―공적인 수치와 비난을 당하는 것만이 아니라 썩어가는 주검을 물리적인 짐으로 지고 돌아다니는 것. 세상에서 가장 착한 사람이 유죄판결을 받기까지 사람들이 쏟아낸 격분과 아우성은 부커에게 거의 애덤의 죽음만큼 충격을 주었다. 재판 자체는 길지 않았지만 부커에게는 그 예비 단계가 영원한 것처럼 보였다. 신문 헤드라인, 전화 토론 라디오 프로그램, 이웃의 뒷담화로 하루가 다 가는 나날들 내내 그는 자신의 감정을 얼리고 개별화하고, 그것을 다른 가족의 슬픔이나 광기 섞인 분

노와 분리해내려고 안간힘을 썼다. 애덤의 참사는 신문에서 피해자 여섯 명 명단 가운데 한 줄로 끝나고 말 공적인 패스트푸드가 아니라고, 그는 생각했다. 그것은 사적인 것으로, 오직 두 형제에게만 속한 것이었다. 이 년 뒤 마음을 진정시킬 만한 차분한 해결책이 나타났다. 애덤의 장례식에서 했던 행동을 재연하여 왼쪽 어깨에 작은 장미 문신을 한 것이다. 이게 그 맹수가 앉았던 의자이고, 그의 밀가루 반죽처럼 하얀 피부에 사용했던 바늘일까? 그는 묻지 않았다. 문신 시술소에는 부커의 기억에 남아 있는 눈부신 노란색이 없었기 때문에 오렌지색이 섞인 빨간색으로 만족하기로 했다.

대학 입학을 허가받은 것은 안도감과 더불어 정신을 다른 데 팔 기회를 주었고 그는 곧 캠퍼스 생활에 매혹되었다―수업이 아니라, 교수가 아니라, 활기차고 모든 것을 아는 동기들에게 매혹되었고, 이것은 이 년 동안 약해지지 않았다. 그가 1학년 때부터 2학년까지 한 일은 반응하는 것―조롱하고, 웃음을 터뜨리고, 묵살하고, 흠을 찾고, 비하하는 것―젊은 사람 특유의 비판적 사고를 보여주는 것이었다. 그와 기숙사 친구들은 남성 잡지와 포르노 비디오의 기준에 따라 여자들의 등급을 매기고, 자신들이 본 액션 영화 속 인물들에 따라 서로의 등급을 매겼다. 똑똑한 친구들은 수업들을 수월하게 넘겼고, 천재들은 학교를 그

만두었다. 그의 약한 냉소주의가 우울로 변한 것은 3학년 때였다. 동기들의 관점들이 지루하고 귀찮아지기 시작했다. 예측 가능하기 때문만이 아니라 진지한 탐구를 막기 때문이기도 했다. 트럼펫으로 〈Wild Cat Blues〉를 완벽하게 연주하려는 그의 노력과 달리 학부생 사회에서 이루어지는 어떤 것도 새롭거나 창조적인 사고를 요구하지 않았고, 젊음의 일탈이라는 축복받은 안개를 뚫고 들어가지 못했다. 한때 캠퍼스를 시끄럽게 했던 이라크 전쟁에 관한 학생 시위도 잠잠해진 뒤였다. 이제 빈정거림이 승리의 깃발을 나부꼈고 깔깔거림이 그 맹세가 되었다. 이제 고분고분한 태도로 교묘하게 교수들을 조종하는 것이 일상이 되었다. 그래서 부커는 디케이터 스트리트에서 열리던 토요일 가족회의에서 부모가 제기했던 질문들을 되새겨보았다. 1. 어떤 진실을 배웠는가(그리고 그것이 진실임을 어떻게 아는가)? 2. 자신에게 어떤 문제가 있는가?

1. 지금까지는 없다. 2. 절망.

그래서, 뭔가 가치 있는 것을 배우고 싶은 희망에, 그리고 아마도 절망하기에 편한 곳을 찾고자 하는 희망에, 그는 대학원에 지원했다. 그곳에서 그는 물물교환에서부터 폭탄에 이르기까지 부를 추적하는 작업에 집중했다. 그에게 그것은 자신의 분노를 단속해 우리에 가두어놓고, 인종차별, 가난, 전쟁에 관한

모든 것을 설명하는 매혹적이고 지적인 여행이었다. 정치 세계는 끔찍하게 싫어했다. 그 행동가들은 보수건 진보건 엉뚱한 생각에 사로잡혀 꿈을 꾸는 것처럼 보였다. 혁명가들은 무장을 했건 평화적이건 자신들이 '승리한' 다음에 무슨 일이 일어날지 아무 생각도 하지 않았다. 누가 통치할 것인가? '민중'이? 제발. 그게 무슨 의미인가? 최선의 결과는 사람들에게 새로운 관념을 소개하는 것이고, 어쩌면 정치가가 거기에 영향을 줄 수도 있을 것이다. 나머지는 관객을 구하는 연기다. 오직 부만이 인간의 악을 설명했고, 그래서 그는 부를 따르지 않고 살기로 결심했다. 그는 자신이 쓰게 될 글과 책의 주제와 논지를 정확하게 알고 있었고 조사하면서 메모를 계속했다. 자신의 분야의 학술적인 글 외에는 시를 조금 읽고 정기간행물도 좀 보았다. 소설은 읽지 않았다―훌륭한 것이든 그렇지 않은 것이든. 어떤 시들은 좋아했는데 그건 음악과 닮았기 때문이었고, 정기간행물을 좋아한 것은 거기 실린 글들이 문화에 정치를 수혈하기 때문이었다. 그가 미래에 쓸 글의 개요 외에 다른 것을 쓰기 시작한 것은 대학원 시절이었다. 구두점을 찍지 않은 문장들을 이용해 자신의 사고에 대한 질문이나 그 결과를 표현하는 음악적인 언어를 만들어보려고 노력하기 시작했다. 대부분은 쓰레기통에 버렸고, 몇 개는 갖고 있었다.

마침내 석사학위를 받게 되자 부커는 어머니가 준비한 축하 저녁식사에 참석하기 위해 혼자 집으로 갔다. 만났다 헤어졌다 하던 여자친구 펠리시티에게 같이 가자고 할까 생각도 했지만 결국 하지 않기로 결정했다. 외부인이 자기 가족을 심판하는 것을 원치 않았기 때문이다. 그건 자신의 일이었다.

가족 모임의 모든 것이 부드럽고 심지어 유쾌하기까지 했지만, 그건 그가 위층 옛 방, 한때 애덤과 함께 쓰던 방으로 올라가기 전까지만이었다. 무엇을 찾으러 갔을까, 그것은 그도 알지 못했다. 방은 달라진 정도가 아니라, 정반대가 되어 있었다—그와 애덤이 쓰던 트윈 베드 대신 더블베드, 블라인드 대신 투명한 하얀 커튼, 아주 작은 책상 밑에는 귀여운 바닥 깔개. 최악은 그들의 장난감—야구 배트, 농구공, 보드 게임—이 빽빽하게 들어차 있던 장에 이제 여동생 캐럴의 여자옷이 들어 있는 것이었다. 하지만 분해서 숨이 막혔던 것은 낡은 스케이트보드, 애덤과 함께 사라진 것과 똑같은 스케이트보드가 없어진 것을 알았을 때였다. 부커는 슬픔에 맥이 빠진 채 다시 아래층으로 내려왔다. 하지만 여동생을 보자 그의 창백한 허약함은 그것의 불타오르는 쌍둥이로—격분으로—바뀌었다. 그가 캐럴에게 말다툼을 걸었고, 여동생은 맞받아쳤다. 그들의 싸움이 점점 거칠어지며 가족 전체를 방해했고 마침내 스타번 씨가 중단시켰다.

"그만해, 부커! 슬퍼하는 건 너만이 아니야. 우리 가족은 각자 다른 방식으로 애도하고 있어." 아버지의 목소리는 칼날의 강철 같았다.

"네, 그렇겠죠." 부커의 목소리는 적대적이었고 경멸이 섞여 있었다.

"넌 이 가족에서 그 아이를 사랑한 유일한 사람인 것처럼 행동하고 있어. 애덤은 그걸 원치 않을 거야." 그의 아버지가 말했다.

"아버지는 형이 뭘 원할지 몰라요." 부커는 눈물을 잘 참고 있었다.

스타번 씨가 소파에서 일어섰다. "글쎄, 그래도 내가 원하는 건 잘 알지. 이 집에서 예의를 지키거나 아니면 나가라."

"어머나, 안 돼." 스타번 부인이 작은 소리로 말했다. "그런 말은 하지 마요."

아버지와 아들은 서로 노려보았다. 그들의 눈은 군대가 공격을 하듯 얽혀 있었다. 결국 스타번 씨가 전투에서 이겨 부커는 집에서 나왔고, 나오면서 뒤로 문을 단단히 닫았다.

자신이 알았던 유일한 가정을 떠나자마자 폭우 속에 발을 내딛게 된 것은 어쩌면 그 상황에 잘 어울리는 일이었다. 비 때문에 그는 밤의 어둠에 감사하는 침입자처럼 옷깃을 올리고 머리를 숙였다. 어깨를 추켜세우고 눈을 가늘게 뜬 채 폭풍우 때문에

더욱 가라앉는 기분으로 디케이터 스트리트를 따라 움직여갔다. 캐럴과 말다툼을 하기 전, 그는 부모님에게 애덤을 추모할 만한 일을 하자고 설득하려 했다—예를 들어 그의 이름으로 소액의 장학금을 준다든가. 어머니는 그 생각에 공감했지만, 아버지는 얼굴을 찌푸리며 단호하게 반대했다.

"우리는 그런 식으로 돈을 낭비할 수 없고 돈을 모으느라 시간을 낭비할 수도 없어." 아버지는 말했다. "게다가 애덤을 사랑하고 기억하는 사람들에게는 굳이 그것을 다시 일깨워줄 필요도 없고."

부커는 이미 캐럴뿐 아니라 다른 동생들에게서도 독기가 서린 못마땅한 분위기를 느꼈다. 페이버와 굿맨에게는 부커가 자신들이 아기 때 죽은 형의 동상을 원하는 것으로 보였다. 부커가 가족의 의리라고 이해하는 것을 다른 형제들은 아버지보다 더 아버지 노릇을 하려는 교묘한 조작으로—자신들을 통제하려는 시도로—보았다. 대학 학위가 두 개라는 이유만으로 모두에게 이래라저래라 할 수 있다고 생각하다니. 그의 오만에 그들은 눈알을 굴렸다.

자신과 애덤이 쓰던 옛 방을 찾아갔을 때, 애덤만이 아니라 그 자신의 섬뜩한 부재를 보면서, 추모할 만한 일을 제안할 때 그가 느꼈던 가느다란 실 같은 못마땅함은 밧줄이 되었다. 그래서 가

족에게 문을 닫고 빗속으로 발을 내디뎠을 때 그렇게 떠나는 것은 이미 오래전에 했어야 할 행동으로 다가왔다.

부커가 한동안 그녀가 사는 곳에서 묵어도 되겠느냐고 묻자 펄리시티는 "그럼, 물론이지" 하고 대답했다. 그는 대학원 기숙사에서 나온 이후 자신만의 주소를 가져본 적이 없었기 때문에 그녀의 빠른 응답이 고마웠다. 캠퍼스로 돌아가는 버스에서는 가져갔던 〈데덜러스〉의 지난 호를 읽으며 가족에게 느낀 실망을 다독이는 일에서도 빠져나올 수 있었다. 하지만 기숙사에 돌아가 사랑하는 트럼펫을 제외한 대학 생활의 잔재―교재, 운동화, 볼품없는 옷, 공책, 정기간행물―를 모두 상자에 집어넣기 시작하자 실망감은 다시 강력하게 표면으로 떠올랐다. 터무니없이 오해받고 있다는 자기 연민에 빠져들었다가 정신을 차리고 여자친구에게 전화를 했다. 펄리시티는 대리 교사였고 그들의 관계가 이 년 동안 유지되었던 것은 무엇보다도 서로 보지 않는 시간들이 중간중간 꽤 길게 있었기 때문이었다. 정규 교사가 갑자기 아파야만 연락이 오는 것이었기 때문에 그녀의 일은 불규칙했고 종종 멀리까지 가야 했다. 그래서 그는 편안한 마음으로 잠시 들어가 살 수 있느냐고 물어볼 수 있었다. 단지 편의 때문이

지 진지한 관계를 시작하려는 의도 같은 건 전혀 없다는 것을 둘 다 알고 있었기 때문이다. 여름이었고, 그래서 펄리시티에게 대리 교사 일을 맡아달라는 요청이 없을 것이기 때문에, 그들은 언제 헤어져야 할 시간이 닥칠지 모른다는 생각 없이 함께 있는 시간을 즐길 수 있었다. 영화를 보러 가거나, 외식을 하거나, 시골 길을 달리거나―뭐든 그들이 하고 싶은 것을 하면서.

어느 날 저녁 부커는 펄리시티를 라이브 캄보를 자랑하는 낡아빠진 식당 겸 댄싱 클럽 '피어 2'에 데려갔다. 새우볶음밥을 먹으면서 부커는, 평소에 자주 그랬듯이, 작은 무대 위의 쿼텟에 브라스가 필요하다는 생각을 했다. 거의 모든 대중음악이 현絃의 포화 상태였다―타악기의 지원을 받는 기타, 베이스, 피아노 건반. E 스트리트 밴드나 윈턴 마살리스의 오케스트라 같은 대스타 뮤지션들이 아니면 그룹들은 백업으로나 솔로로나 색소폰, 클라리넷, 트롬본, 트럼펫을 등장시키는 경우가 드물었고, 그는 그 공백을 강렬하게 느꼈다. 그래서 이날 저녁 연주 휴식 시간에 그는 무대 뒤 대마초 연기와 웃음을 터뜨리는 뮤지션들로 가득한 좁은 분장실로 가 언젠가 그들의 그룹에 합류할 수 있겠느냐고 물었다. 그들은 다른 연주자, 그것도 알지도 못하는 연주자와 소득을 나누고 싶지 않았기 때문에 그 자리에서 바로 퇴짜를 놓았다.

"꺼져, 맨."

"누가 여기로 들여보내줬어?"

"아 한번 들어봐줄 수는 있잖아요." 그가 간청했다. "나는 트 럼펫을 연주하는데 이 그룹에 나팔 하나쯤 들어가도 괜찮을 것 같아요."

기타리스트들은 눈알을 굴렸지만 드러머가 말했다. "금요일 연주 때 가져와봐. 그날은 네가 망쳐도 별 상관 없으니까."

그는 오디션을 보게 되었다는 말을 펄리시티에게 하지 않았 다. 그녀는 그의 트럼펫 연주에 전혀 관심이 없었다.

부커는 드러머가 제안한 대로 했다. 분장실에 있는 그들 앞에 서 최대한 루이 암스트롱 솔로에 가깝게 불어본 것이다. 드러머 가 고개를 끄덕였고, 피아노 연주자는 미소를 지었고, 두 기타리 스트는 이의를 제기하지 않았다. 그때부터 부커는 여름 동안 금 요일에 자칭 '빅 보이스'라는 그룹에 합류했지만, 그날은 가게가 꽉 차서 술 마시는 사람들이나 식사하는 사람들이 음악에 아무 런 주의를 기울이지 않았다.

9월에 빅 보이스가 깨지자—드러머가 다른 곳으로 떠났고, 피 아노 연주자는 더 크고 나은 일을 얻었다—부커와 기타리스트 인 마이클과 프리먼 체이스는 눈에 차가운 분노가 서린 참전용 사 노숙자들로 뒤덮인 거리에서 연주를 하기 시작했다. 음악에

둘러싸인 덕분에 더 많이 적선을 받을 수 있다고 해서 그들의 분노가 가라앉는 것은 아니었다. 그래도 이때가 부커의 인생에서 가장 달콤한 한철이었으나 오래가지는 않았다. 여름이 끝날 무렵 펄리시티와 그의 관계는 대충 봉합하는 것으로는 해결 불가능할 정도로 해져 있었다. 여름 내내 룸메이트 연인 생활을 즐겼지만 결국 전에는 둘 다 그다지 관심을 기울이지 않았던 습관들 때문에 서로 짜증을 내기 시작했다. 펄리시티는 그가 시끄럽게 트럼펫 연습을 하고 매일 그녀가 친구들과 여는 파티에 참석하려 하지 않는 것을 불평했다. 그는 그녀가 담배를 피우는 것, 그녀의 테이크아웃 음식, 음악, 와인 취향을 싫어했다. 그녀는 자신의 가족 구성원들이 끊임없이 찾아오게 했을 뿐 아니라 참견을 좋아해서 그의 삶을 계속 파고들었다. 무엇보다도 그는 그녀가 견딜 수 없을 정도로 고집이 세다는 것을 알게 되었다. 사실 펄리시티도 그와 똑같이, 상대가 불쾌하고 짜증나는 사람이라는 것을 알게 되었다. 도널드 버드나 프레디 허버드나 블루 미첼 등 그가 좋아하는 뮤지션들의 음악을 한번 더 들어야 한다면 정신을 잃을지도 모른다고 생각하게 되었다. 그녀는 그를, 여자를 혐오하는 패배자로 생각하기 시작했다. 그러나 그들 사이에서 곰팡이처럼 자라나는 서로에 대한 적대감에도 불구하고, 그들은 계속 함께 지냈을지도 모른다, 한 사건만 아니었다면. 부커가 체

포되어 유치장에서 하룻밤을 보낸 사건.

　그는 어떤 커플을 지나쳤는데, 그들은 텅 빈 주택부지 근처에 차를 세우고 번갈아 크랙* 파이프를 빨고 있었다. 그러거나 말거나 그는 아무런 관심이 없었으나, 어느 순간 아이, 두 살쯤 되어 보이는 아이가 크랙 중독자들이 탄 도요타의 뒷좌석에 서서 소리를 지르며 울고 있는 모습이 눈에 들어왔다. 그는 차로 다가가, 문을 확 열어젖히고, 남자를 끌어내고, 주먹으로 얼굴을 갈기고, 바닥에 떨어진 파이프를 걷어찼다. 그러자 여자가 밖으로 뛰쳐나와 파트너를 도우러 달려왔다. 세 사람의 싸움은 위험하다기보다는 우스웠으나, 너무 오래 너무 시끄럽게 이어지는 바람에 처음에는 쇼핑하던 사람들, 그다음에는 경찰의 눈길을 끌었다. 그 결과 세 명 모두 체포되었고 소리를 지르던 어린 여자아이는 아동보호시설로 넘겨졌다.

　펄리시티가 벌금을 내야 했다. 판사는 부커에게 자비로웠다. 부커만큼이나 그 역시 크랙 중독자 부모에게 역겨움을 느꼈기 때문이다. 판사는 부부를 심문하여 기소 여부를 결정하기로 했고 부커에게는 치안 방해로 벌금을 물렸다. 펄리시티는 이 사건 자체에 격분해서는 도대체 왜 자기와 관계도 없는 일에 끼어드

---

* 코카인의 한 종류. 태워서 연기를 직접 들이마신다.

는지 모르겠다고 큰 소리로 혼잣말을 했다.

"네가 뭐라고 생각하는 거야? 배트맨이야?"

부커는 흔들리는 건지 부러진 건지 확인하려고 오른쪽 어금니를 손가락으로 만졌다. 여자가 남자보다 힘이 셌다. 남자는 난폭하게 주먹을 휘둘러댔지만 제대로 때린 건 하나도 없었다. 부커의 턱에 들러붙은 것은 여자의 주먹이었다.

"그 차 안에 어린아이가 있었어. 아기가!" 그가 말했다.

"네 아이가 아니고 네가 상관할 일도 아니었어." 펄리시티가 소리쳤다.

약간 흔들리는 거라고, 부커는 그렇게 판단했지만, 어쨌든 치과에 가보기로 했다.

집으로 가는 버스에서 두 사람은 굳이 말을 하지 않고도 끝이라는 걸 알았다. 펄리시티는 그녀의 아파트에 도착하고 나서도 한 시간 동안 계속 잔소리를 했지만, 부커의 납 같은 침묵에 부딪히자 그만두고 샤워를 했다. 그는 그들의 평소 습관과는 달리 그녀와 함께 샤워를 하지 않았다.

부커는 일을 해본 적이 거의 없었다―중학교에서 한 학기 동안 음악을 가르쳤는데, 아무 자격증이 없었기 때문에 그건 그가 공립학교에서 할 수 있는 유일한 교사 일이었고, 수모와 재난으로 범벅이 된 채 끝이 났다. 몇 번 음악 오디션에 나가보았지만

그때마다 떨어졌다. 그의 트럼펫 재능은 어지간하긴 했지만 특별하지는 않았다.

그러나 딱 필요한 순간에 그의 운이 바뀌었다. 캐럴이 그가 있는 곳을 수소문해 어떤 법률회사에서 그에게 보낸 편지를 전달해주었다. 드루 씨가 죽었는데, 그가 유언장에 손자들―자기 자식들은 뺐지만―을 포함시키는, 모두가 놀랄 만한 일을 한 것이다. 부커는 노인이 늘 그렇게 자랑해 마지않던 재산을 형제들과 나누어 갖게 되었다. 그는 할아버지의 재산을 만들어낸 탐욕과 범죄성은 생각하지 않으려 했다. 슬럼가의 악덕 집주인의 돈이지만 죽음으로 깨끗해졌다고 되뇌었다. 나쁘지 않았다. 이제 그는 자기만의 살 곳, 조용한 동네의 조용한 방을 세낼 수 있었고, 거리에서나 아니면 몰락한 작은 클럽 여러 곳에서 계속 연주를 할 수 있었다. 그들은 스튜디오에 접근할 수 없었기 때문에 거리 모퉁이에서 연주를 했다. 몇 푼 되지도 않는 돈을 위해서가 아니라 사람들 앞에서, 돈을 내지 않는, 그래서 무비판적인, 아무것도 따지지 않는 청중 앞에서 서로 연습하고 실험하기 위해서였다.

그러다 그와 그의 음악을 바꾼 날이 찾아왔다.

부커는 그녀의 아름다움에 그저 정신이 멍해서 입을 떡 벌린

채, 웃음을 터뜨리며 갓돌에 서 있는 검푸른 젊은 여자를 바라보고 있었다. 옷은 흰색이었고, 머리카락은 머리 위에 검은 나비 백만 마리가 잠들어 있는 듯했다. 그녀는 다른 여자와 이야기하고 있었다―금발머리를 드레드록 스타일로 꼰 피부가 분필처럼 하얀 여자였다. 리무진 한 대가 갓돌로 다가왔고 두 여자는 기사가 그들을 위해 문을 열어주기를 기다렸다. 리무진이 멀어져가는 것을 지켜보고 있자니 아쉬웠지만 부커는 역 입구로 걸어가면서 연신 싱글거렸다. 그가 두 기타리스트와 연주를 하는 곳이었다. 그러나 둘 다 없었다, 마이클도 체이스도. 그제야 비가 내리고 있다는 것을 깨달았다―부드럽게, 꾸준하게. 해가 여전히 활활 타오르고 있었기 때문에 옅은 파란색 하늘에서 떨어지는 빗방울은 보도에서 빛의 점으로 부서지는 수정 같았다. 그는 그냥 빗속에서 혼자 연주를 하기로 했다. 어떤 행인도 발을 멈추고 귀를 기울이지 않으리라는 걸 알았지만. 행인들은 우산을 접고 열차를 향해 층계를 빠르게 달려 내려갔다. 여전히 방금 보았던 여자의 순전한 아름다움에 속박되어, 그는 트럼펫을 입술로 가져갔다. 그때 나타난 것은 그가 평생 연주해본 적 없는 음악이었다. 약음기에 막힌 낮은 음들이 오래, 아주 오래 유지되면서 선율이 빗방울들 사이를 둥둥 떠다녔다.

부커에게는 자신의 감정을 묘사할 말이 없었다. 그가 아는 것

이라고는 그녀를 기억하며 연주할 때 비에 젖은 공기에서 라일락 향이 난다는 것뿐이었다. 갓돌에 쓰레기가 널린 거리가 더럽기보다는 흥미로워 보였다. 서로 어깨를 기대고 있는 식품 잡화점, 미용실, 식당, 중고품 할인점이 아늑하고 그저 다정하게 보였다. 그녀의 눈이 자신을 향해 반짝이거나 그녀의 입술이 유혹적이고 당돌한 미소를 짓는다고 상상할 때마다 욕망이 부풀어올랐고, 그뿐 아니라 애덤의 죽음이 오랫동안 그에게 구름처럼 드리웠던, 유령이 출몰하는 어둠도 흩어져버렸다. 그가 그 구름을 뚫고 걸어나와 전에 애덤이 스케이트를 타고 석양 속으로 들어갈 때처럼 감정적으로 충만해졌을 때, 거기 그녀가 있었다. 깊은 밤 색깔의 갈라테이아*는 항상 그리고 이미 살아 있었다.

그녀가 리무진을 기다리는 것을 처음 보고 나서 몇 주 뒤 다시 그녀가 있었다. '블랙 가우초스'가 공연하는 스타디움에 줄을 서 있었다―새로 치고 올라오는 인기 밴드로, 브라질과 뉴올리언스를 섞은 재즈를 연주했으며, 단 1회 공연이었다. 줄이 길고, 시끄럽고 신경이 곤두서게 만들었지만, 문이 열리고 밀고 들어갈 때 먼저 그녀 뒤의 몸 넷을 매끄럽게 앞지른 다음, 사람들이 긴 의

---

* 피그말리온이 만든 상아 조각상의 이름. 피그말리온의 사랑 덕분에 생명을 얻는다.

자의 자리를 찾아 앉았을 때 그녀 바로 뒤에 설 수 있었다.

음악의 힘이 실린 공기 속에서 몸의 규칙이 깨지고 성적인 자비로움이 크림처럼 진해졌을 때 두 팔로 그녀의 허리를 감는 것은 자연스럽기 그지없는 행동이었다. 불가피한 행동이었다. 함께 그들은 춤을 추고 또 추었다. 음악이 멈추자 그의 갈라테이아는 그에게 얼굴을 돌리고 그가 늘 상상했던 유혹적이고 당돌한 미소를 그에게 건네주었다.

"브라이드." 그가 이름을 묻자 그녀가 말했다.

이럴 수가, 그는 소곤거렸다.

그들이 사랑을 나누는 행위는 맨 처음부터 고요했고, 정교했고, 오래 지속되었다. 그것은 부커에게 너무나 간절했기 때문에 그는 다시 그녀의 침대로 가는 것을 아주 새롭게 만들기 위해 일부러 연달아 며칠 밤을 억눌렀다. 그들의 관계는 흠이 없었다. 그는 그녀가 그의 개인사에 관심이 없는 것이 특히 좋았다. 펄리시티와 달리 캐는 것이 전혀 없었다. 브라이드는 압도적으로 아름다웠고, 편안했고, 매일 할 일이 있었고, 매 순간 그가 있을 것을 요구하지 않았다. 그녀의 자기애는 그녀의 화장품회사 분위기와도 일치했고, 그녀에 대한 그의 강박을 거울처럼 비추었다.

그래서 그녀가 직장 동료, 제품, 시장에 관해 수다를 떨 때면 그는 아주 깊은 표현을 담고 있어 단순한 말보다 훨씬 많은 것을 전해주는, 최면을 거는 듯한 그녀의 눈을 보았다. 말하는 눈, 그는 생각했다, 그녀의 목소리가 만드는 음악을 동반하는 눈. 모든 이목구비─그녀의 돌출한 광대뼈, 유혹적인 입, 그녀의 코, 이마, 턱, 거기에 그 눈─가 그녀의 흑요석 같고 깊은 밤 같은 빛깔의 피부 때문에 더욱 절묘했고, 더 큰 미적 쾌감을 주었다. 그녀의 몸 아래 누워 있건, 그 위에서 내려다보건, 두 팔로 안고 있건, 그는 그녀의 검음에 몸을 떨었다. 이윽고 그는 자신이 그 밤을 안고 있을 뿐 아니라 소유하고 있다고 확신했다. 만약 그가 품에 안은 밤으로 부족하다면 늘 그녀의 눈 속에서 별빛을 볼 수 있었다. 순수하고, 자신을 잊어버리는 유머 감각도 그를 기쁘게 했다. 그녀가, 본인은 화장을 하지 않으면서 오로지 화장품만 다루는 업체에서 일하는 그녀가 그에게 가장 사람의 마음을 끄는 립글로스 색깔을 골라달라고 했을 때 그는 큰 소리로 웃음을 터뜨렸다. 그녀가 흰색 옷만 입기를 고집하는 것 역시 재미있었다. 그녀를 대중과 공유하고 싶지 않았기 때문에 클럽을 돌아다닐 기분도 거의 들지 않았다. 그러나 조명이 침침한 쿨하지 않은 클럽에서 마이클 잭슨의 소프라노나 제임스 브라운의 샤우트 테이프에 맞추어 그녀와 춤을 추는 것은 너무나 매혹적이었다. 혼잡

한 랩 바에서 그녀에게 바싹 달라붙어 있다보면 둘 다 마법에 사로잡히는 느낌이었다. 그는 쇼핑 나들이에 동행하는 것을 제외하면 어떤 것도 거절하지 않았다.

가끔 그녀는 짜릿한 성공을 거둔 힙한 여자 임원으로서 모든 것을 완전히 통제하고 있는 외관을 벗어던지고, 어떤 결함이나 유년의 고통스러운 기억을 고백했다. 그러면 그는, 유년의 벤 상처는 곪기만 할 뿐 절대 딱지가 앉지 않는다는 것을 너무 잘 알았기 때문에, 누군가 그녀에게 상처를 주었다는 생각으로 인해 치솟는 분노를 감추고 그녀를 위로했다.

어머니, 그리고 역겨운 아버지와 브라이드의 복잡한 관계는, 그와 마찬가지로, 그녀 또한 가족의 유대에서 자유롭다는 뜻이었다. 그냥 그들 둘뿐이었고, 밉살스러운 사이비 친구 브루클린이라는 예외를 제외하면 동료들의 간섭은 점점 줄었다. 그는 여전히 주말 오후에 가끔 체이스, 마이클과 연주를 했지만, 해변에서 태양을 보는 눈부신 아침들이 있었고, 아파트 구석구석에서 그들이 안무할 섹스를 기대하며 공원에서 손을 잡고 보내는 서늘한 저녁이 있었다. 그들은 사제처럼 멀쩡한 정신으로, 그러나 악마처럼 창의적으로 섹스를 발명했다. 그렇다고 믿었다.

브라이드가 출근하면 부커는 트럼펫 연습을 하고, 좋아하는 고모 퀸에게 보낼 편지를 쓰며 혼자 있는 시간을 음미했다. 브라

이드의 아파트에 책은 없었기 때문에—패션과 가십 잡지들뿐이었다—대학 다닐 때 무시했거나 오해했던 책을 읽거나 다시 읽으러 종종 도서관에 갔다. 『장미의 이름』도 그런 책이었고, 이야기 모음집 『노예제를 기억하며』에는 너무 감동한 나머지 그 이야기들을 기념하는 평범하고 감상적인 음악을 작곡하기도 했다. 트웨인을 읽으면서는 그의 잔인한 유머를 즐겼다. 발터 벤야민을 읽으며 번역의 아름다움에 감명받았고, 프레더릭 더글러스의 자서전을 다시 읽으며 증오를 감추는 동시에 내보이는 그의 웅변을 처음으로 음미했다. 허먼 멜빌을 읽으며, 핍* 때문에 속절없이 가슴이 무너졌다. 핍을 보면 홀로 있는 애덤, 버려지고, 일상적 악恶의 파도에 삼켜진 애덤만 떠올랐다.

맛있는 섹스, 프리스타일 음악, 도전적인 책, 편안하고 부담 없는 동반자 브라이드라는 축복에 빠져 여섯 달을 보내자, 동화의 성은 그 허황된 건축의 바탕이었던 진흙과 모래 속으로 무너져내렸다. 그래서 부커는 달아났다.

---

* 소설 『모비딕』의 등장인물.

4부

브루클린

아무것도 없었어. 우리 CO*에게 휴가를 연장해달라는 전화 한 통도. 재활이라. 감정적 재활—뭐라든. 하지만 어디로 왜 가는 지에 대해서는 오늘까지 아무것도 없었어. 그러다 메모지첩에서 떼어낸 줄이 쳐진 노란 종이에 긁적거린 메모 한 장. 맙소사. 굳이 읽지 않아도 뭐라고 적혀 있는지 알 수 있어. "달아나서 미안 해. 그럴 수밖에 없었어. 너만 빼고 모든 게 박살나고 있어, 어쩌고저쩌고……"

아름답고 멍청한 년. 어디로 가는지, 얼마나 가 있을 건지 아무 얘기도 없어. 내가 확실히 아는 건 브라이드가 그 남자를 쫓

---

* Chief Officer. 최고 관리자.

고 있다는 거야. 나는 텔레비전 화면 하단을 기어가는 헤드라인처럼 애 마음을 읽을 수 있어. 어릴 때부터 갖고 있던 재능이야. 가령 집주인 여자가 우리 식사실에 있던 돈을 훔치고서 우리에게 집세가 밀렸다고 말할 때처럼. 아니면 삼촌이 자신이 뭘 할 계획인지 스스로 인식하기도 전에 내 다리 사이에 다시 손가락들을 집어넣을 생각부터 하기 시작했을 때처럼. 나는 숨거나 달아나거나, 아니면 술에 취해 낮잠에 빠진 어머니를 깨워 날 보살피게 하려고 복통을 위장해 소리를 질렀어. 정말이라니까. 나는 늘 사람들이 무엇을 원하고 어떻게 그들을 만족시킬 수 있는지 느껴왔어. 아니면 어떻게 그러지 않을 수 있는지. 딱 한 번 잘못 읽었어─브라이드의 멋진 남자에 대해서.

나도 달아났어, 브라이드. 하지만 난 열네 살이었고 나를 돌봐줄 사람이 나 말고는 아무도 없었기 때문에 나 자신을 만들어낸 거야, 나 자신을 세게 단련했지. 너도 그랬다고 생각해, 남자친구들 문제만 빼면 말이야. 나는 네 지난번 남자친구─척 봐도 사기꾼이잖아─가 너를 과거의 그 겁 많은 어린 여자애로 바꾸어놓을 거라는 사실을 바로 알아봤어. 미치광이 범죄자와 한판 싸웠다고 바로 항복을 해버리다니. 넌 세상에서 가장 좋은 일자리를 걷어찰 정도로 멍청해진 거야.

나는 미용실 바닥을 쓰는 일에서부터 시작해서 웨이트리스를

하다가 마침내 드러그스토어에서 일하게 됐어. 실비아 주식회사에 들어오기 오래전부터 나는 일자리를 하나 얻으려고 할 때마다 악마처럼 싸웠고 나를 막아서는 어떤 것도, 어떤 것도 그냥 내버려두지 않았어.

하지만 너는 그냥 "잉, 잉, 나는 도망칠 수밖에 없어……"지. 어디로? 제대로 된 편지지도, 심지어 그림엽서 한 장 없는 곳으로?

브라이드, 제발 좀.

아주 작은 시골 타운들에서 도시의 젊은 여자는 판지에 둘러싸인 듯한 따분함 때문에 금세 지루해한다. 날씨가 어떻든, 강철처럼 밝은 햇살이든 몸을 뚫을 듯한 비든, 무기력한 거주자들을 감추고 있는 낡은 상자들뿐이라는 인상 때문에 아무리 주의깊게 눈길을 돌려도 맥이 빠지는 느낌이다. 한때 히피였던 사람들이 인적이 드문 시골 도로변 인근에서 반자본주의적인 생활을 할 수는 있다. 에벌린과 스티브는 모험심 넘치던 과거에 위험과 목적이 가득한 흥미진진한 삶을 산 적이 있다. 하지만 이런 곳에서 태어나 한 번도 떠난 적이 없는 수수한 사람들은 어떨까? 브라이드는 도로 양편에 줄지어 선 아주 작고 서글픈 집들과 이동주택에 우월감을 느끼지는 않았고, 다만 어리둥절할 뿐이었다. 부커

는 무엇 때문에 이런 곳을 선택했을까? 도대체 Q. 올리브는 누구일까?

그녀는 이따금씩 흙길도 타며 170마일을 달렸는데, 그런 흙길 가운데 일부는 모카신*을 신은 발과 이리떼가 처음 만든 것이 분명했다. 트럭 운전사들은 그런 길도 헤쳐나갈 수 있었지만 다른 모델의 문짝을 달아 수리한 재규어에게는 심각한 문제였다. 브라이드는 살아 있는 것이든 아니든 혹시 앞에 장애물이 있나 살피면서 조심스럽게 운전했다. 소나무 줄기에 못으로 박은 이정표가 보일 무렵에는 점점 커지던 경계심도 피로에 눌려버렸다. 이제 몸의 일부가 사라지는 일은 없었지만 생리를 적어도 두 달, 어쩌면 세 달 거른 것 때문에 마음이 쓰였다. 가슴은 납작해지고 겨드랑이 털과 음모도 없고, 귀의 구멍도 사라지고 몸무게도 불안정한 상태였기 때문에 도무지 말이 안 되는 일이기는 하지만 다시 겁 많은 조그만 흑인 여자애로 바뀌어가는 것이라고 믿을 수밖에 없었고, 잊어버리려 했지만 잘 되지 않았다.

위스키는, 이제 보니, 트레일러와 이동주택이 모인 곳으로 통하는 자갈길 양편의 집 대여섯 채를 가리키는 말이었다. 애처로워 보이는 나무들이 길게 뻗은 길 너머로 깊지만 좁은 개울이 길

* 북아메리카 원주민의 신.

과 나란히 달리고 있었다. 단독주택에는 주소가 보이지 않았지만 이동주택 몇 군데에는 튼튼한 우편함에 페인트로 이름이 적혀 있었다. 낯선 차와 낯선 방문객을 수상쩍게 바라보는 눈길을 받으며 천천히 차를 몰다가 브라이드는 마침내 연노랑색 이동주택 앞 우편함에 퀸 올리브라고 인쇄된 것을 보았다. 차를 세우고 내려서 문으로 걸어가다가 집 뒤쪽에서 풍겨오는 듯한 휘발유 냄새와 불냄새를 맡았다. 뒷마당으로 살금살금 다가가자 체격이 좋고 머리가 붉은 여자가 어느 쪽 불길에 연료가 더 필요한지 세심하게 재가며 금속 침대 스프링에 휘발유를 뿌리고 있는 것이 보였다.

브라이드는 얼른 차로 돌아가 기다렸다. 아이 둘이 다가왔다. 멋진 자동차에 끌려서 나온 듯했지만, 이내 운전대를 잡은 여자에게 눈이 팔렸다. 두 아이 모두 몇 분은 될 것 같은 시간 동안 놀란 눈을 깜빡이지도 않고 물끄러미 그녀를 바라보았다. 브라이드는 놀라서 말도 못하는 아이들을 무시했다. 어떤 공간으로 들어갔을 때 그녀를 보고 낯선 백인들끼리 눈길을 교환하는 상황은 겪을 만큼 겪어보았다. 그런 눈길은 무시해도 좋았다. 왜냐하면, 많은 경우에, 그녀의 검음에 놀라 입을 벌린 표정은 반드시 그녀의 아름다움에 대한 선망으로 바뀌었기 때문이다. 비록 제리의 도움으로 자신의 검은 피부를 자산으로 삼고, 그것을 강조

하고, 그것을 돋보이게 했지만, 그녀는 전에 부커와 나눈 대화를 기억했다. 그녀는 어머니에 관해 불평하면서 스위트니스가 검은 피부 때문에 그녀를 싫어했다고 말했다.

"그건 색깔일 뿐이야." 부커는 말했다. "유전적 특징이지. 흠도 아니고, 저주도 아니고, 축복도 죄도 아니야."

"하지만," 그녀는 반박했다. "다른 사람들 생각에는 인종적인……"

부커는 그녀의 말을 잘랐다. "과학적으로 보자면 인종 같은 건없어, 브라이드. 따라서 인종이 없는 인종주의는 하나의 선택이야. 물론 그것이 필요한 사람들에 의해 학습되는 것이지만, 그래도 여전히 선택이야. 그것을 실행하는 사람들은 그것 없이는 아무것도 아닌 사람들이야."

그의 말은 합리적이었고, 당시에는 위로도 되었지만, 하루하루의 경험과는 관계가 없었다―예를 들어 이렇게 차에 앉은 채로, 공룡 박물관에 들어갔다 해도 그렇게 매혹될 수는 없을 것 같은 어린 백인 아이들의 깜짝 놀란 눈길을 받는다든가 하는 것과는. 그럼에도 불구하고 브라이드는, 자신이 포장도로의 안락한 지대밖에, 자신을 돕지도 않겠지만 그렇다고 해를 끼치지도 않을 다양한 인종의 사람들에게 둘러싸인 바짝 자른 잔디 바깥에 나와 있다는 이유만으로 자신의 임무에서 이탈하는 것은 단호히 거부

했다. 자신이 무엇으로 만들어졌는지—솜인지 강철인지—알아
내기로 결심했기 때문에, 물러서거나 돌아서는 것은 있을 수 없
었다.

삼십 분이 지났다. 아이들은 사라지고 하늘 꼭대기에 이른 니
켈 도금된 태양 때문에 차 내부의 온도가 올라갔다. 브라이드는
숨을 깊이 들이쉬고 노란 문으로 다가가 노크했다. 여자 방화범
이 나타나자 그녀는 말했다. "안녕하세요. 실례합니다. 부커 스
타번을 찾아 왔는데요. 여기가 제가 갖고 있는 주소라서요."

"그럴 수 있지." 여자가 말했다. "내가 그 아이 우편물을 많이
받거든. 잡지, 카탈로그, 그애가 직접 쓴 거."

"그 사람이 여기 있나요?" 브라이드는 여자의 귀걸이, 대합조
개껍질만한 크기의 황금 원반에 눈이 부셨다.

"아니, 아니." 여자가 고개를 저으며 브라이드의 눈을 뚫어져
라 들여다보았다. "하지만 근처에 있지."

"그래요? 어, 근처가 얼마나 먼가요?" Q. 올리브가 젊은 경쟁
자가 아니라는 데 안도한 브라이드가 크게 숨을 내쉬며 방향을
물었다.

"걸어갈 수 있어. 하지만 들어와. 부커는 어디 안 가니까. 꼼짝
도 못해, 팔이 부러졌거든. 들어오라니까. 너구리가 보고도 먹으
려고 하지 않을 만큼 비쩍 말랐네."

브라이드는 침을 삼켰다. 지난 삼 년 동안 그녀는 정말 이국적이라는 말, 정말 눈부시다는 말만 들었다―어디에서나, 거의 누구에게서나―끝내준다, 꿈꾸는 것 같다, 화끈하다, 우와! 그런데 머리카락이 붉은 양털 같고 눈으로 심판을 하는 듯한 이 늙은 여자는 한 방에 칭찬의 어휘 전부를 삭제해버렸다. 그녀는 다시 한번 어머니의 집에 있던 못생기고 너무 검은 조그만 여자애가 되고 말았다.

퀸이 손가락을 꼬부렸다. "안으로 들어와, 걸. 좀 먹어야겠어."

"보세요, 미스 올리브……"

"그냥 퀸이라고 불러, 허니. 그리고 올리브가 아니라 올-리-베이야. 안으로 올라오라니까. 나는 놀 사람이 별로 없고 척 보면 배고픈지 아닌지 알아."

그래, 그건 사실이야, 브라이드는 생각했다. 도로에서 긴 시간을 보내는 동안은 불안이 뱃속에서 고함치는 굶주림을 가리고 있었다. 그녀는 퀸의 말을 따랐고, 들어간 방의 단정함, 편안함, 매력에 기분좋게 놀랐다. 꾐에 빠져 마녀의 소굴로 들어가는 것은 아닌가 하는 생각이 잠시 들긴 했다. 퀸은 바느질과 뜨개질, 코바늘 뜨개질을 하고 레이스도 짜는 것이 분명했다. 커튼, 의자 커버, 쿠션, 수를 놓은 냅킨은 모두 손으로 우아하게 만든 것이었다. 밖에서 식히고 있는 스프링이 들어가야 할 것 같은, 속이

텅 빈 침대의 머리받침에 놓인 누비이불은 부드러운 색깔의 조각들로 짜여 있었고, 다른 모든 것들과 마찬가지로 교묘하게 짝이 어긋나 있었다. 액자와 사이드테이블 같은 작은 골동품들도 배치가 묘했다. 한 벽 전체는 아이들 사진으로 채워져 있었다. 버너가 두 개인 레인지에서는 냄비가 보글보글 끓고 있었다. 퇴짜를 맞는 데 익숙하지 않은 퀸은 물어보지도 않고 리넨 매트 위에 도기 그릇 두 개를 놓고, 그 옆에 어울리는 냅킨과 손잡이에 가느다란 줄무늬를 새긴 은제 수프 스푼을 놓았다.

브라이드는 좁은 탁자를 앞에 두고 장식을 한 방석이 놓인 의자에 앉아 퀸이 걸쭉한 수프를 볼에 담는 모습을 지켜보았다. 콩, 감자, 옥수수 알, 토마토, 셀러리, 피망, 시금치, 여기저기 흩어진 조가비 모양의 파스타들 사이에 닭조각이 동동 떠 있었다. 브라이드는 강한 양념이 무엇인지 알 수가 없었다―카레? 카르다몬? 마늘? 고춧가루? 후추와 고추? 하지만 그 결과물은 천상의 음식이었다. 퀸은 거기에 따뜻한 플랫브레드를 보태고는 손님과 함께 앉아 음식에 축복을 했다. 둘은 먹기만 할 뿐 오랫동안 아무 말도 하지 않았다. 마침내 브라이드가 볼에서 고개를 들고, 입을 닦고 숨을 내쉬며 여주인에게 물었다. "왜 침대 스프링을 태운 거예요? 아까 뒤쪽에서 봤어요."

"빈대 때문에." 퀸이 대답했다. "매년 알을 낳기 전에 태워버려."

"아. 그런 얘긴 처음 들어봐요." 그러고 나서, 여자가 더 편안하게 느껴지자 물었다. "부커가 어떤 걸 보냈어요? 아까 뭘 쓴 걸 보냈다고 하셔서."

"그랬지. 보냈어. 가끔."

"뭘 쓴 거였어요?"

"내가 아나. 몇 개 보여줄게, 보고 싶으면. 그런데, 부커는 왜 찾는 거야? 그애가 빚을 졌어? 설마 자네가 그 아이의 여자일 리는 없고. 그애를 별로 잘 알지 못하는 것처럼 말하잖아."

"잘 몰라요. 하지만 안다고 생각했어요." 말하지는 않았지만, 훌륭한 섹스가 지식은 아니라는 생각이 퍼뜩 들었다. 그것은 정보라고 하기도 힘들었다.

브라이드는 다시 냅킨을 입에 갖다댔다. "우린 함께 살았고, 그 사람이 저를 찾어요. 그냥 한순간에." 브라이드는 손가락을 튀겼다. "한마디 말도 없이 떠나버렸어요."

퀸이 깔깔 웃었다. "아 그 녀석은 떠나는 놈이야, 맞아. 자기 가족도 떠났어. 나만 빼고 전부."

"그랬어요? 왜요?" 브라이드는 부커의 가족과 함께 분류되는 것이 마음에 들지 않았지만, 그 소식에 놀랐다.

"어렸을 때 그애 형이 살해당했는데 가족의 반응을 못마땅해 했거든."

"오오오오." 브라이드는 웅얼거렸다. "슬픈 일이네요." 그녀는 그럭저럭 공감하는 소리를 낼 수 있었지만 자신이 그 일에 관해 아무것도 모른다는 사실에 충격을 받았다.

"슬픈 것 이상이지. 그 가족을 거의 망가뜨렸으니까."

"가족이 어떻게 했길래 떠나게 된 거예요?"

"앞으로 나아갔지. 인생을 인생처럼 살기 시작했어. 그 아이는 기념비를 세우기를, 형의 이름으로 재단이나 뭘 만들기를 바랐지. 하지만 다른 가족은 관심이 없었어. 전혀. 그렇게 깨진 데에는 나도 어느 정도 책임을 져야 해. 내가 그애에게 형과 가까이 있으라고, 필요한 만큼 오래 형을 애도해도 좋다고 말했거든. 그 아이가 내 말에서 뭘 얻어갈지는 계산하지 못한 거야. 어쨌든 애덤의 죽음은 그 아이 자신의 삶이 되고 말았어. 내가 보기에는 그게 그 아이의 유일한 삶인 것 같아." 퀸이 브라이드의 빈 볼을 흘끗 보았다. "더?"

"아뇨, 괜찮아요. 하지만 맛있었어요. 이렇게 좋은 걸 먹어본 기억이 없어요."

퀸은 웃음을 지었다. "내 모든 남편들의 고향 음식에서 나온 국제연합 요리법이야. 일곱 군데지, 델리에서 다카르까지, 텍사스에서 오스트레일리아까지, 그리고 그 중간의 몇 개." 그녀는 웃음을 터뜨렸고, 어깨가 흔들렸다. "아주 많은 남자지만 중요한

점에서는 모두 똑같아."

"중요한 점이 뭔데요?"

"소유."

그렇게 남편이 많았는데도 여전히 완벽하게 혼자로구나, 브라이드는 생각했다. "아이는 없나요?" 물론 있었다. 아이들 사진이 사방에 있었으니까.

"아주 많아. 둘은 아버지와 새어머니와 살고 있고, 둘은 군대에 갔어—하나는 해병대, 하나는 공군. 또하나는, 막내인데, 딸이고, 의대에 다니고 있어. 내 꿈의 아이야. 마지막에서 두번째 아이는 뉴욕시티 어딘가에 사는데 더럽게 부자야. 자식들 대부분이 돈을 보내주니까 나를 보러 올 필요가 없다고 생각해. 하지만 난 아이들을 보고 있어." 그녀는 예쁜 액자 속에서 자신을 내다보는 사진들을 향해 손을 흔들었다. "그리고 아이들이 무슨 생각을 어떻게 하는지 알지. 하지만 부커는 늘 나와 연락을 했어. 자, 그애가 무슨 생각을 어떻게 하는지 보여줄게." 퀸은 바느질 재료들이 단정하게 걸려 있거나 쌓여 있는 캐비닛으로 갔다. 그녀는 그 바닥에서 구식 빵 상자를 들어올렸다. 그녀는 내용물을 뒤지다가 클립으로 함께 묶은 종이 몇 장을 빼내 손님에게 건넸다.

글씨 예쁘네, 하고 생각하다가 브라이드는 자신이 부커가 쓴 것을 한 번도 본 적이 없다는 사실을 깨달았다—심지어 이름도.

종이는 일곱 장이었다. 그들이 함께한 한 달에 한 장씩이었다—
그리고 한 장 더. 그녀는 첫번째 페이지를 천천히 읽으며 검지로
줄을 따라갔다. 구두점이 거의 또는 전혀 없었기 때문이다.

　　헤이 걸 네 곱슬곱슬한 머리 안에는 거무스름한 방들 말고
뭐가 들어 있지 방에는 거무스름한 남자들이 너무 가까이 붙
어서 춤을 추고 있어 굶주린 입을 위로할 수가 없는데 입은 저
바깥 어딘가에 분명히 있다고 믿는 것이 부족하다며 그저 이
를 쓰다듬을 혀와 숨을 기다리고 있잖아 이는 밤을 물어 너에
게 주어지지 않는 세계 전체를 삼켜버리고 그러니 그 뿌연 꿈
은 없애고 내 품에 안겨 해변에나 누워 그럼 네가 행복에 겨
워 눈물을 흘릴 만큼 수정같이 파란 물이 찰싹이는 네가 본 적
없는 바닷가의 하얀 모래로 너를 덮어주고 또 너에게 알려줄
게 마침내 네가 태어난 행성에 네가 정말로 속해 있고 이제 첼
로의 깊은 평화 속에서 저 밖에 있는 세계에 합류할 수 있다는
것을.

브라이드는 그것을 두 번 읽었지만 아무래도 이해했다고는 할
수 없었다. 그녀가 불안해진 것은 두번째 페이지 때문이었다.

그녀의 상상은 흠잡을 데 없다 마치 뼈를 자르고 긁으면서도 골수는 건드리지 않는 듯하다 골수에서는 현이 끊어져 날카로운 소리와 함께 곡조를 놓칠 것을 두려워하는 바이올린처럼 그 더러운 느낌이 띵띵 소리를 내고 있다 그녀에게는 영원한 무지가 삶의 생살보다 훨씬 낫기 때문에.

설거지를 마친 퀸은 손님에게 위스키 한 잔을 제안했다. 브라이드는 사양했다.

세번째 페이지를 읽으며 그녀는 그가 그런 글을 쓰도록 자극했을 수도 있는 대화, 집주인을 비롯해 어린 시절의 이야기를 자세히 했던 대화가 기억나는 듯했다.

너는 짐을 나르는 짐승처럼 낯선 자의 저주의 채찍과 거기에 담긴 분별없는 악의를 그것이 남긴 흉터와 더불어 하나의 규정으로 받아들였어 너는 반박을 하며 평생을 보내지만 그 증오에 찬 말은 해안선에 그린 가냘픈 선에 불과해 똑같이 분별없는 파도가 애무하면 지금이라도 바다 세계로 해체되어버려 손가락 하나가 클라리넷 지공指孔에 우연히 닿을 때와 마찬가지지 뮤지션은 그런 식으로 클라리넷 소리를 죽여 진짜 음이 크게 울려퍼지게 하려고.

브라이드는 빠르게 세 페이지를 더 읽어나갔다.

인종주의적 악의를 이해하려고 하면 오히려 커지기만 할 뿐이다 풍선처럼 부풀어 땅으로 내려앉기를 두려워하며 머리 위 높은 곳에서 둥둥 떠다니는데 땅에 내려오면 풀잎 하나로도 구멍이 나서 설사가 터져나오고 매혹된 관중을 더럽힐 거다 마치 곰팡이가 흑건이건 백건이건, 샤프이건 플랫이건 피아노 건반을 망가뜨려 부패의 만가가 흘러나오게 하듯이.

있잖아. 난 내 수치를 수치스러워하지 않으려 해 나에게 할당된 수치는 그자들에게는 그리 중요한 것도 아니고 또 그자들의 타락한 도덕성에나 어울리는 거야 그자들이 가장 손대기 편한 인간 감정, 열등이나 결함과 관련된 이런 감정을 고집하는 건 그저 자신의 겁을 감추기 위해서야 마치 그게 밴조의 순수성과 똑같은 것인 척하면서 말이야.

고마워. 너는 내게 분노와 연약함과 적대적 무모함과 걱정 걱정 걱정을 보여줬지만 그건 비타협적인 빛과 사랑의 조각들로 얼룩져 있기에 친절처럼 보였어 그 덕분에 너를 떠나도 나

는 깊은 슬픔에 빠져들지는 않을 수 있겠지 너무 깊은 슬픔은 심장이 아니라 정신을 부숴버리거든 정신은 오보에의 비명을, 오보에가 침묵의 누더기들을 찢고 들어가 어디에도 가둘 수 없을 만큼 눈부신 너의 아름다움을 드러내고 자신의 멜로디를 살아갈 수 있는 우아한 공간으로 바꾼다는 걸 알아.

브라이드가 어리둥절한 표정으로 글에서 눈을 들어 퀸을 바라보자 퀸이 말했다. "재미있지, 응?"

"아주요." 브라이드가 대답했다. "하지만 이상하기도 해요. 이 사람이 누구한테 얘기하는지 궁금해요."

"자기 자신에게지." 퀸이 말했다. "다 자기 얘기인 게 틀림없어. 그렇게 생각하지 않아?"

"아니요." 브라이드가 중얼거렸다. "이건 저에 관한, 우리가 함께 보낸 시간에 관한 이야기예요." 이어 그녀는 마지막 페이지를 읽었다.

어떤 종류가 되었건 상심은 용기 있게 진지하게 받아들여 고동치는 별처럼 밝게 타오르게 해야 해 위로를 받아 자기 비난으로 빠져들 수도 없고 그러고 싶지도 않아 그 폭발하는 찬란함은 팀파니의 큰 소리처럼 시끄러운 게 당연하니까.

브라이드는 글을 내려놓고 두 눈을 가렸다.

"가서 만나봐." 퀸이 말했다. 목소리가 낮았다. "길을 따라 내려가면 돼, 개울 옆 마지막 집이야. 자, 일어나, 세수하고 가."

"그래야 하는지 잘 모르겠어요, 지금은." 브라이드는 고개를 저었다. 그녀는 아주 오랫동안 자신의 외모에 의지했다—미모가 얼마나 잘 먹히던지. 그동안 그녀는 그것의 피상성이나 자신의 비겁함은 알지 못했다—스위트니스가 가르치고 등뼈가 구부러지도록 그 안에 박아넣은 핵심적인 교훈이었다.

"왜 그래?" 퀸은 짜증난 목소리였다. "여기까지 와놓고 그냥 뒤돌아 가버리겠다고?" 그러더니 아기 목소리를 흉내내 노래를 부르기 시작했다.

이유를 모르겠네

하늘에는 해가 떠 있지 않고……

계속 살 수가 없네.

내가 가진 모든 것 사라지고,

폭풍우가 몰아치는 날씨에……

"젠장!" 브라이드가 탁자를 쳤다. "그 말씀이 백번 옳아요! 전

적으로 옳아요! 이건 내 문제예요, 그 사람이 아니라. 내 문제!"

"너야? 나가!" 부커는 좁은 침대에서 일어나 브라이드에게 손
가락질을 했다. 브라이드는 그의 트레일러 문간에 서 있었다.

"좆 까! 난 여기서 나가지 않을 거야, 네가……"

"나가라고 했어! 당장!" 부커의 눈은 증오로 죽은 동시에 살
아 있었다. 깁스가 풀린 팔은 문을 가리키고 있었다. 브라이드는
빠르게 아홉 걸음을 걸어가 있는 힘을 다해 부커의 뺨을 갈겼다.
부커가 반격을 했지만 딱 그녀를 쓰러뜨릴 만큼만 힘을 썼다. 그
녀는 비틀거리며 일어나 카운터에서 미켈롭 맥주병을 움켜쥐고
그것으로 그의 머리를 때렸다. 부커는 침대로 벌렁 자빠져 움직
이지 않았다. 브라이드는 깨진 병의 목을 꽉 움켜쥐고 그의 왼쪽
귀에서 새어나오는 피를 노려보았다. 몇 초 뒤 그는 의식을 회복
하고 팔꿈치에 기대 몸을 일으키며 고개를 돌려, 가늘게 뜬 초점
이 맞지 않는 눈으로 그녀를 보았다.

"넌 날 버렸어." 브라이드가 소리를 질렀다. "한마디 말도 없
이! 아무 말도 없이! 난 지금 그 한마디를 원해. 그게 뭐든 그걸
듣고 싶어. 지금!"

부커는 오른손으로 얼굴 왼쪽의 피를 닦아내며 으르렁거렸다.

"너한테 좆도 말해줄 필요 없어."

"아, 있고말고." 그녀는 깨진 병을 들어올렸다.

"험한 꼴 보기 전에 이 집에서 나가."

"입 닥치고 대답이나 해!"

"맙소사, 이 여자 보게."

"왜지? 난 알아야겠어, 부커."

"먼저 왜 아동 성추행자한테 선물을 사줬는지부터 얘기해—그것도 감옥에 있을 때, 맙소사. 왜 괴물에게 알랑거렸는지 말해봐."

"내가 거짓말을 했어! 거짓말했어! 거짓말을 했다고! 그 여자는 죄가 없었어. 내가 그 여자가 유죄판결을 받도록 협조했지만 그 여자는 사실 그럴 만한 짓을 하지 않았어. 난 그걸 보상하고 싶었지만 그 여자는 나를 죽도록 팼고 나는 맞아도 쌌어."

실내 온도가 올라가지 않았지만 브라이드는 땀을 흘리고 있었다. 이마, 코 밑, 심지어 겨드랑이도 축축했다.

"거짓말을 했다고? 도대체 무엇 때문에?"

"어머니가 내 손을 잡게 하려고!"

"뭐?"

"그리고 자랑스러워하는 눈으로 나를 보게 하려고, 한 번이라도."

"그래서, 어머니가 그랬어?"

"그래. 심지어 나를 좋아하기까지 했어."

"그러니까 네가 하려는 말은……"

"닥치고 어서 말해! 왜 나를 버린 거야?"

"오, 이런." 부커는 옆얼굴에서 피를 더 닦아냈다. "이봐. 그래, 잘 들어. 우리 형, 형은 괴물한테 살해당했어, 맹수한테. 나는 네가 그런 괴물을 용서해주는 거라 생각했고……"

"상관없어! 내가 그런 게 아니야! 네 형을 죽인 건 내가 아니야."

"그래! 그래! 알아, 하지만……"

"하지만은 뭐가 하지만이야! 나는 내가 망쳐놓은 사람에게 보상을 하려고 했던 거야. 너는 그저 모든 사람을 탓하며 돌아다녔고. 나쁜 새끼. 자, 피 묻은 손이나 닦아." 브라이드는 그에게 행주를 던지고 손에 쥔 병조각을 내려놓았다. 그녀는 손바닥을 청바지에 닦고 축축한 이마에서 머리를 걷어낸 다음 흔들림 없는 눈으로 부커를 바라보았다. "나를 사랑할 필요는 없지만 정말이지 존중은 해야 해." 그녀는 탁자 옆의 의자에 앉아 다리를 꼬았다.

두 사람의 숨소리로만 갈라지는 정적 속에서 그들은 서로가 아니라 다른 곳을 물끄러미 바라보았다―바닥, 손, 창 너머. 몇 분이 흘렀다.

마침내 부커는 뭔가 분명하고 중요한 이야기를 해야 한다고,

설명해야 한다고 느꼈지만, 입을 열자 혀가 얼어붙었다―그곳
에 말은 없었다. 그러나 상관없었다. 브라이드는 의자에서 잠이
들어, 턱을 가슴 쪽으로 떨어뜨렸고, 긴 다리는 벌어져 있었다.

퀸은 문을 두드리지 않고, 그냥 부커의 트레일러 문을 열고 들
어왔다. 의자에 널브러진 채 잠이 든 브라이드와 눈에 상처가 난
부커를 보고 그녀는 말했다. "이런. 무슨 일이야."

"작은 소동이 있었어요." 부커가 말했다.

"저 아이는 괜찮아?"

"그럼요. 녹초가 되어 잠이 들었어요."

"'작은 소동' 좋아하네. 저 아이가 널 때리려고 여기까지 온 거
야? 무슨 일이야? 사랑이야 고통이야?"

"둘 다요, 아마도."

"자, 저 아이를 그 의자에서 안아 침대에 눕히자." 퀸이 말했다.

"알았어요." 부커가 일어섰다. 부커는 퀸의 도움을 받아 쓸 수
있는 한 팔을 이용해 그녀를 정돈되지 않은 좁은 침대로 옮겼다.
브라이드는 신음을 토하면서도 잠에서 깨지는 않았다.

퀸은 탁자에 앉았다. "저 아이를 어떻게 할 거야?"

"모르겠어요." 부커가 대답했다. "한동안은 완벽했어요, 우리

둘은."

"왜 갈라섰는데?"

"거짓말. 침묵. 진실은 무엇이고 이유는 무엇인지 그냥 말하지 않은 것."

"무슨 진실?"

"어린 시절 우리의 진실이요, 우리에게 일어났던 일들, 사실 우리가 그저 아이에 불과했을 때 벌어진 일을 두고 왜 그런 일을 했는지, 생각을 했는지, 행동에 나섰는지."

"너에게는 애덤?"

"저한테는 애덤이죠."

"그리고 저 아이한테는?"

"어렸을 때 큰 거짓말을 했는데, 그게 무고한 여자를 감옥에 가두는 데 어떤 역할을 했대요. 그 여자가 저지르지도 않은 아동 강간죄로 긴 징역을 살게 했다네요. 저는 브라이드가 그 여자에게 이상한 애정을 품는 것 때문에 싸운 뒤 그 집을 나와버렸고요. 어쨌든 당시에는 그게 이상해 보였어요. 그 일 뒤로는 저 여자 근처에도 가고 싶지 않았어요."

"왜 거짓말을 했대?"

"사랑을 좀 얻으려고…… 자기 엄마한테서."

"저런! 정말 엉망이구나. 그런데 너는 애덤 생각을 했고……

또. 늘 애덤이네."

"넵."

퀸은 두 손목을 엇갈려놓고 탁자에 몸을 기댔다. "그 아이가 앞으로 얼마나 더 너를 쥐고 흔들게 놔둘 거야?"

"저도 어쩔 수 없어요, 퀸."

"그래? 저 아이는 자기 진실을 이야기했어. 네 진실은 뭐야?"

부커는 대답하지 않았다. 두 사람은 말없이 앉아 있었고, 브라이드가 가볍게 코 고는 소리만 들렸다. 마침내 퀸이 말했다. "넌 실패하기 위한 고귀한 이유가 필요한 거야, 그렇지? 아니면 우월감을 느낄 수 있는 정말 깊은 어떤 이유가 필요하거나."

"에이, 아니에요, 퀸. 나는 그렇지 않아요! 전혀 아니에요."

"그럼 뭐야? 넌 애덤을 네 어깨에 묶고 다니면서 밤이나 낮이나 그 아이가 네 머리를 꽉 채우게 하고 있어. 형이 피곤할 거라고 생각하지 않니? 죽었는데도 안식하지 못하고 지쳤을 게 틀림없어. 다른 사람의 인생을 쥐고 흔들어야만 하니까."

"애덤은 저를 조종하지 않아요."

"그래. 네가 그 아이를 조종하는 거지. 그 아이한테서 자유로워졌다고 느낀 적 있어? 한 번이라도?"

"글쎄요." 부커는 빗속에 서 있던 때를 회상했다. 브라이드가 리무진에 타는 것을 본 직후 자신의 음악이 바뀌었던 것, 그

212

가 들어가 살던 음울한 어둠이 흩어졌던 것을 떠올렸다. 함께 춤을 출 때 그녀의 허리를 안았던 자신의 팔과, 몸을 빙그르 돌리며 그녀가 보여준 미소를 생각했다. "글쎄요." 그가 되풀이했다. "한동안은 좋았어요, 저 여자와 함께 있는 게 정말 좋았어요." 그는 자신의 눈에 떠오르는 기쁨을 감출 수 없었다.

"그 좋다는 게 너한테는 충분히 좋은 게 아닌 모양이구나. 그래서 다시 애덤을 불러냈고 그 아이의 살인 사건이 네 뇌를 송장으로 만들고 네 심장의 피를 포름알데히드로 바꾸어놓게 한 거야."

부커와 퀸은 오랫동안 서로를 응시했다. 마침내 그녀가 일어서며, 굳이 실망감을 감추려 하지 않고 "멍청이" 하고 말한 뒤 의자에 축 늘어져 있는 부커를 두고 나갔다.

퀸은 느릿느릿 걸어서 자기 집으로 돌아갔다. 재미와 슬픔이 그녀의 관심을 끌기 위해 다투고 있었다. 연인들의 싸움을 보는 것이 수십 년 만이라 재미있었다—젊은 커플들이 보이는 청중과 보이지 않는 청중을 의식하며 연극 공연을 하듯 폭력적 감정을 실연해 보이는 클리블랜드 주택단지에 살던 시절 이후로 처음이었다. 그녀는 여러 남편들과 그 모든 것을 경험했는데, 그들은 이제 모두 뒤섞여 어떤 존재도 아니었다. 첫번째 남편 존 러

브데이만이 예외였는데, 그녀는 그와 이혼했다—그랬던가? 그 다음 남편과는 이혼하지 않았기 때문에 처음에 어땠는지 기억이 잘 나지 않았다. 퀸은 노년이 축복으로 내려준 선별적인 기억에 웃음을 지었다. 그러나 슬픔이 그 웃음을 찢고 들어왔다. 분노, 브라이드와 부커 사이에 전시중인 폭력은 잘못 본 것일 수 없었고 젊은이들에게 전형적인 것이었다. 그럼에도, 잠이 든 여자를 침대로 옮겨 눕힌 뒤, 퀸은 부커가 엉망이 된 브라이드의 머리카락을 이마에서 부드럽게 쓸어올리는 것을 보았다. 흘끗 그의 얼굴을 곁눈질하다가 그녀는 그의 눈에 드러난 부드러운 감정에 가슴이 뭉클했다.

저 아이들은 저러다 날려버릴 거야, 그녀는 생각했다. 각자의 상처와 슬픔에 관련된 작고 서러운 이야기에, 인생이 그들의 순수하고 깨끗한 자아에 쓰레기처럼 던져놓은 오래된 문제와 고통에 매달릴 거야. 그러면 각자 그 이야기를 계속 다시 쓰겠지, 뻔한 플롯이고 주제도 다 짐작하고 있는데, 억지로 의미를 만들어내면서, 애초의 유래는 잊어버리고. 이 무슨 낭비인가. 개인적 경험을 통해 그녀는 사랑을 하는 것이 얼마나 어려운지, 얼마나 이기적이 되기 쉽고, 얼마나 쉽게 찢어져버리는지 잘 알았다. 섹스를 억누르거나 거기에 의존하면서, 자식들을 무시하거나 아니면 반대로 삼킬 듯이 애지중지하면서, 진짜 감정으로 가는 길을

벗어나거나 진짜 감정들을 가두어버리면서. 젊음은 그런 포춘쿠키식 사랑의 변명이 되고—그러다 그게 변명이 되지 않고, 그저 어른의 멍청함에 불과한 것이 되어버리고 만다.

나도 한때는 예뻤어, 그녀는 생각했다, 정말 예뻤지, 그리고 그걸로 충분하다고 믿었어. 그래, 실제로 그랬어, 그러다 더는 그렇지 않은 때가 왔고, 진짜 인간이 되어야만 했지, 그러니까 생각하는 인간이 되어야만 했어. 무게가 많이 나가는 게 병이 아니라 조건일 뿐이라는 걸 알 만큼 똑똑해졌지. 이제는 이기적인 사람들의 마음을 그 자리에서 읽어낼 만큼 똑똑해졌어. 하지만 그런 똑똑함은 너무 늦게 찾아와서 그녀는 자식들을 챙기지 못했다.

그녀의 '남편' 각각은 그녀에게서 자식을 하나둘 낚아채 가며, 아이들이 자기 것이라고 주장하거나 아이들과 함께 사라져버렸다. 몇몇은 자기 고국으로 납치해 갔다. 또 한 명은 자기 정부情婦를 시켜 두 아이를 붙잡아 갔다. 그녀의 남편들 가운데 한 명— 착한 조니 러브데이—을 제외한 모두가 사랑을 꾸며낼 만한 좋은 이유가 있었다. 미국 시민권, 미국 여권, 경제적 지원, 간호, 일시적인 거처. 그녀에게는 자식을 단 한 명도 열두 살 넘도록 키워볼 기회가 없었다. 거짓 사랑—자신의 거짓 사랑과 남편들의 거짓 사랑—의 동기를 파악하는 데는 시간이 걸렸다. 생존이

지, 그녀는 추측했다, 말 그대로의 생존과 감정적인 생존. 퀸은 늘 그 생각을 해왔고, 이제 광야에서 혼자 살며 뜨개질을 하고 레이스를 짜고, 마침내 노년에 이르러 '선한 예수님'이 그녀에게 귀여운 지혜의 베개와 더불어 망각의 담요를 준 것에 감사하고 있었다.

부커는 사태 전개에, 특히 퀸이 그에게 노골적으로 드러낸 혐오에 불안하고 또 몹시 불쾌해서 밖으로 나가 문간 층계에 앉았다. 곧 어스름이 덮칠 것이고 우연히 생겨난, 가로등도 없는 이 마을은 어둠 속으로 사라질 것이었다. 라디오 몇 대에서 흘러나오는 음악은 텔레비전, 낡은 제니스나 파이어니어* 텔레비전에서 깜빡거리는 빛만큼이나 멀게 느껴질 것이었다. 그는 동네 트럭 두어 대가 덜커덕거리며 지나가고 곧이어 오토바이를 탄 사람 몇 명이 그 뒤를 따르는 것을 지켜보았다. 트럭 운전사들은 모자를 썼고, 오토바이를 모는 사람들은 이마에 스카프를 둘렀다. 부커는 이곳의 가벼운 무정부 상태, 주민들에 대한 무관심—그의 고모, 그가 신뢰하는 유일한 사람의 존재 때문에 조금 달라

* 제니스와 파이오니어는 텔레비전 상표.

지기는 했지만―이 마음에 들었다. 그는 이따금씩 벌목꾼들과 할 수 있는 일을 찾았고, 그것으로 충분하다 싶었는데 장비에서 떨어져 어깨가 박살났다. 그의 정처 없는 생각들이 굽이를 돌 때마다 끼어드는 것은 소리를 지르며 그를 죽이려고, 적어도 두들겨 패려고 안간힘을 쓰다가 탈진해 그의 침대에 누워 있는 매혹적인 검은 여자의 모습이었다. 정말이지 그는 그녀가 무엇 때문에 이 먼 곳까지 차를 몰고 왔는지 알지 못했다. 복수심이나 분노가 아니라면―혹시 사랑 때문에?

퀸의 말이 맞아, 그는 생각했다. 애덤을 제외하면 나는 사랑에 관해서는 아무것도 몰라. 애덤은 아무런 흠이 없었고, 순결했고, 순수했고, 사랑하기 쉬웠다. 그가 살았다면, 자라서 흠이 생겼다면, 기만, 어리석음, 무지 같은 인간적인 약점이 생겼다면, 그를 숭배하기가 그렇게 쉬웠을까? 아니 심지어 숭배할 가치가 있었을까? 도대체 어떻게 생겨먹은 사랑이기에 그 사랑을 실행에 옮기려면 상대가 천사, 오직 천사여야만 하는 걸까?

그런 생각의 흐름을 좇으면서, 부커는 계속 자신을 책망했다.

브라이드는 아마 사랑에 관해 나보다 많이 알 거야. 적어도 기꺼이 사랑을 파악하려 하고, 뭔가 하려 하고, 뭔가 위험을 감수하고, 가늠해보려고 하잖아. 나는 아무것도 감수하려고 하지 않아. 왕좌에 앉아서 다른 사람들이 불완전하다는 표시만 확인하

지. 나는 나 자신의 지성과 내가 택한 도덕적 입장에, 거기 수반되는 오만에 홀렸어. 내가 해내려고 꿈꾸던 뛰어난 연구, 깨달음을 주는 책들, 걸작들은 다 어디로 간 거야? 다 사라져버렸지. 대신 나는 다른 사람들의 약점만 기록하고 있잖아. 쉬운 일이지. 아주 쉬운 일이야. 하지만 나 자신의 약점은 어쩌고? 나는 저 여자의 생긴 거, 씹하는 거, 아무런 요구도 하지 않는 걸 좋아했어. 그러다 처음으로 큰 불화가 생기자, 나는 사라져버렸어. 나의 유일한 재판관은 애덤인데, 애덤은, 퀸이 말한 대로, 내 짐이자 내 십자가가 되는 게 지겨울 거야.

부커는 뒤꿈치를 들고 트레일러로 돌아가, 브라이드가 가볍게 코를 고는 소리에 귀를 기울이며, 공책을 꺼내 다시 한번 입으로 할 수 없는 말을 종이에 적었다.

　나는 이제 널 그리워하지 않아 애덤 그보다는 너의 죽음으로 생겨난 감정을 그리워해 너무 강렬한 감정이어서 그게 나를 규정해버렸어 동시에 너는 지워버리고 그렇게 남은 너의 부재에 내가 들어가 살게 됐어 마치 뒤따르는 어떤 소리보다 더 짜릿한 느낌을 주는 일본 징의 침묵처럼.
　나 자신을 통제라는 착각과 권력의 값싼 유혹에 묶어두기 위해 너를 노예로 만든 걸 사과할게. 어떤 노예 소유주도 나보

다 그 일을 잘하지는 못했을 거야.

부커는 공책을 옆으로 밀었다. 어스름이 그를 감쌌고, 그는 따뜻한 공기에 몸을 맡기고 마음이 차분해지는 것을 느끼면서 새벽을 고대했다.

브라이드는 꿈 없는 잠―술 취한 상태보다 깊고, 그녀가 알았던 어떤 것보다 깊었다―에서 햇빛 속으로 깨어났다. 아주 오랜 시간을 잤기 때문에 그녀는 더 바랄 나위 없이 잘 쉬었고 긴장도 이완되었다. 기운이 넘쳤다. 그녀는 바로 일어나지 않았다. 부커의 침대에 그대로 누운 채 눈을 감고, 새로운 활력과 밝게 타오르는 명료함을 누렸다. 룰라 앤의 죄를 고백하자 그녀는 새로 태어난 느낌이었다. 이제는 어머니의 경멸과 아버지의 방기를 어쩔 수 없이 되새길 필요가, 아니, 억지로 잊으려 할 필요가 없었다. 그녀는 백일몽에서 빠져나와 몸을 일으켜 앉고서 접이식 탁자에서 커피를 마시는 부커를 지켜보았다. 그는 적대적이라기보다는 시름에 잠긴 것처럼 보였다. 그래서 그녀는 그의 옆으로 가 접시에서 베이컨 한 조각을 집어들고 입에 넣었다. 이어 토스트도 베어 물었다.

"더 먹을래?" 부커가 물었다.

"아니. 됐어."

"커피? 주스?"

"어, 커피라면 혹시."

"알았어."

브라이드는 잠들기 전의 순간들을 재생하려는 듯 눈꺼풀을 비볐다. 부어오른 부커의 왼쪽 관자놀이도 도움이 되었다. "쓸 수 있는 한쪽 팔로 나를 침대로 옮긴 거야?"

"도움을 받았지." 부커가 말했다.

"누구한테?"

"퀸."

"맙소사. 내가 미쳤다고 생각하겠네."

"그렇지 않을걸." 부커는 그녀 앞에 커피잔을 놓았다. "퀸은 특이해. 미친 걸 알아보지를 못해."

브라이드는 커피의 김을 불어냈다. "네가 편지로 보낸 것들을 나한테 보여주셨어. 네가 쓴 거 말이야. 왜 그걸 퀸한테 보낸 거야?"

"모르겠어. 버리지 못할 만큼은 마음에 들었지만 가지고 다닐 만큼은 아니었는지도 모르지. 안전한 곳에 있기를 바랐던 것 같아. 퀸은 모든 걸 보관하니까."

"그걸 읽으면서 모두 내 얘기라는 걸 알았어…… 맞아?"

"아, 그럼." 부커는 눈알을 굴리고 가슴을 들썩여 극적인 한숨을 토해냈다. "온 세상과 그 세상이 들어가 있는 우주만 빼고 모든 게 네 얘기지."

"나 좀 그만 놀리면 안 돼? 내가 무슨 말 하는지 알잖아. 우리가 함께 있을 때 그거 썼지, 그렇지?"

"그냥 생각들일 뿐이야, 브라이드. 내가 느끼는 것이나 두려워하는 것이나, 아주 많은 경우에는 진짜로 믿는 것—어쨌든 그 당시에는—에 관한 생각들."

"지금도 상심이 별처럼 타오른다고 믿어?"

"믿어. 하지만 별은 폭발하고, 사라지기도 해. 게다가, 우리 눈에 보이는 건 이제 거기 없을 수도 있지. 어떤 별은 수천 년 전에 죽어버렸고 우리는 지금 그저 그 빛만 보고 있는 걸 수도 있다는 거야. 새 소식처럼 보이는 오래된 정보를. 정보 이야기가 나와서 말인데, 내가 여기 있다는 건 어떻게 알아냈어?"

"너한테 편지가 왔어. 기한이 지난 청구서였는데, 그러니까 악기점에서 말이야. 폰 팰리스. 그래서 거기로 갔지."

"왜?"

"돈 내러, 이 멍청아. 그 사람들이 혹시 네가 있을지도 모른다며 이곳을 이야기해주더라고. 이 쓰레기장 같은 곳 말이야. 그

리고 Q. 올리베이라는 사람 앞으로 보내는 전송 주소도 가지고 있었어."

"그래서 따귀를 때리려고 내가 내야 할 돈을 내준 다음 여기까지 차를 몰고 온 거야?"

"어쩌면. 계획한 건 아니지만 기분은 좋았다고 말할 수밖에 없겠네. 어쨌든 네 나팔을 가져왔어. 커피 더 있어?"

"갖고 있어? 내 트럼펫?"

"물론이지. 게다가 고친 거야."

"어디 있어? 퀸 집에?"

"내 차 트렁크에."

부커의 미소가 입술에서 눈으로 옮겨갔다. 얼굴에 아기처럼 기쁨이 드러났다. "사랑해! 널 사랑해!" 그는 소리치더니 문밖으로 뛰쳐나가 재규어를 향해 길을 내달렸다.

종종 그러듯이 느리게, 부드럽게 시작되었다. 수줍게, 어떻게 전진할지 자신 없어하면서, 손가락으로 더듬어가며, 결국 어떻게 될지는 아무도 모르기에 처음에는 주저하며 미끄러져 나아갔다. 그러다 이윽고 공기의, 햇빛의 환희 속에서 자신감을 얻었다. 그전까지 웅크리고 있던 잡초 속에는 그 두 가지 다 없었기

때문이다.

조금 전까지 그것은 해마다 찾아드는 빈대를 없애려고 퀸 올리베이가 침대 스프링을 태우던 마당에 숨어 기다리고 있었다. 그러다 이제 빠르게 움직여, 이따금씩 가늘고 붉은 혀를 날름거리며 번쩍였다. 그러고는 잠시 잦아들었다가 다시 더 강하게, 더 굵게 솟아올랐다. 이제 길과 목표가 분명했기 때문이다. 트레일러의 뒤쪽 계단 한 쌍에서 썩고 있는 길고 맛있는 소나무가 일차 목표였다. 그다음에는 문. 그것 또한 달콤하고 부드러운 소나무였다. 마지막으로 레이스, 실크, 벨벳으로 이루어진, 수를 놓은 직물을 맛나게 빨아들이는 기쁨이 있었다.

브라이드와 부커가 그곳에 이르렀을 때 퀸의 집 앞에는 사람들이 작은 무리를 이루며 서 있었다─일이 없는, 아이들 몇 명과 나이든 사람들이었다. 연기가 창턱과 문틈에서 새어나오자 그들은 안으로 쳐들어갔다. 먼저 부커, 그리고 바로 그 뒤에 브라이드. 그들은 연기가 가장 옅은 바닥으로 몸을 낮추고 퀸이 열기 없는 연기의 미소 짓는 꾐에 빠져 무의식으로 들어선 채 꼼짝 않고 누워 있는 소파로 기어갔다. 눈물이 나오고 목에서는 기침이 터져나왔지만 부커는 성한 팔 하나로 브라이드는 두 팔로, 의식을 잃은 퀸을 바닥으로 끌어내려 질질 끌고 밖의 자그마한 앞마당 잔디로 나왔다.

"더! 어서, 더 나와!" 거기 서 있던 한 남자가 소리쳤다. "전부 폭발할 수 있어!"

부커는 퀸의 입에 숨을 불어넣는 데 너무 열중한 나머지 그 말을 듣지 못했다. 마침내 멀리서 소방차와 구급차 사이렌 소리가 들리자 아이들은 만화의 미녀처럼 활활 타오르는 불을 볼 때만큼이나 흥분했다. 갑자기, 퀸의 머리카락 속에 감추어져 있던 불꽃이 불길로 확 타오르면서 눈 깜빡하는 사이에 그녀의 붉은 머리채를 삼켜버렸다—브라이드가 티셔츠를 홀렁 벗어 머리카락의 불을 덮은 덕분에 아슬아슬하게 불을 끌 수 있었다. 그녀는 따끔거리고 그슬린 손바닥으로 이제 시커메진 채 연기를 피우는 티셔츠를 떼어내다가 빠르게 물집이 잡히는 두피와 구별하기 힘든, 몇 군데 남은 머리카락 무더기를 보며 얼굴을 찌푸렸다. 부커는 내내 소곤거리고 있었다. "그래요, 그래. 힘내요, 러브, 어서, 어서, 레이디." 퀸은 숨을 쉬고 있었다—적어도 기침을 하고 침을 뱉어내기는 했다. 중요한 생명 신호였다. 구급차가 주차를 하자 군중은 점점 불어났고 구경꾼 가운데 일부는 꼼짝도 못하고 그 자리에 서 있었다—신음을 토하며 구급차로 실려가는 환자를 보고 그러는 것이 아니었다. 그들은 눈을 크게 뜨고서 브라이드의 예쁘고 통통한 젖가슴을 뚫어져라 바라보고 있었다. 구경꾼들이 얼마나 즐거웠는지 몰라도, 그것은 브라이드가 느낀

기쁨에 비하면 아무것도 아니었다. 너무 기쁜 나머지 의료 전문가가 내미는 담요를 받아드는 것도 서둘지 않았다—그러다 부커의 얼굴에 나타난 표정을 보았다. 하지만 그녀는 환희를 억누르기 힘들었다. 구급차 뒤로 미끄러져들어가는 퀸의 서글픈 모습과 자신의 흠 없는 젖가슴의 마법 같은 복귀 사이에 자기 관심이 나뉘고 있다는 것이 약간 부끄럽기는 했지만.

브라이드와 부커는 재규어를 타고 구급차 뒤를 따랐다.

퀸이 입원하자 브라이드는 낮에, 부커는 밤에 그녀와 함께 있었다. 그렇게 사흘이 지나고 나서야 퀸은 눈을 떴다. 머리에는 붕대를 둘렀고, 그 안의 내용물은 약에 취해서 자신을 구한 두 사람을 알아보지 못했다. 두 사람이 할 수 있는 일이라고는 환자에게 부착된 튜브를 지켜보는 것뿐이었다. 튜브 하나는 유리처럼 맑고 열대우림의 덩굴처럼 비비 꼬여 있었고, 다른 것들은 전화선처럼 가늘었다. 이것들 모두 퀸의 입술에서 나는 부드럽게 꾸르륵거리는 소리를 덮은 하얀 클레머티스 꽃 같은 장치에 비하면 부차적이었다.

원색의 선들이 병상 위 스크린을 핏줄처럼 가로질렀다. 투명한 주머니들로부터 김빠진 샴페인처럼 보이는 액체가 퀸의 흐물흐물한 팔과 연결된 덩굴 속으로 똑똑 방울져 떨어졌다. 자리에서 일어나 환자용 변기를 쓸 수 없었기 때문에, 닦아주고, 기름

을 발라주고, 다시 싸주어야 했다―간호사의 무관심한 손길을 믿을 수 없었기 때문에 브라이드는 그 모든 것을 직접, 가능한 한 부드럽게 해냈다. 목욕을 시킬 때는 한 번에 한 부분만 씻겨, 여인의 몸을 닦기 전후에 절대 알몸 전체가 드러나지 않게 했다. 퀸의 발에는 손을 대지 않았는데, 저녁에 교대하러 오는 부커가 부활절에 매일 영성체를 받는 사람처럼, 그 헌신적인 행동의 의무를 자신이 맡겠다고 고집했기 때문이다. 그는 발톱을 정리하고, 발에 비누칠을 한 다음 헹구고, 마지막으로 히스 냄새가 나는 로션으로 천천히 박자를 맞추어 마사지를 했다. 퀸의 손에도 똑같은 일을 하면서, 마지막 대화를 할 때 그녀에게 적의를 느낀 것을 두고 자신을 내내 저주했다.

　이런 세정식 동안은 둘 다 아무 말도 하지 않았다. 이따금씩 브라이드가 콧노래를 부를 뿐이었고, 그 고요는 그들 모두에게 필요한 진정제 역할을 했다. 그들은 진짜 커플처럼 함께 일했고, 자신들에 대해서가 아니라 다른 사람을 돕는 것에 대해 생각했다. 병원 대기실에서 걱정 말고는 할 일이 하나도 없이 사람들 사이에 앉아 있는 것은 괴로운 일이었다. 하지만 모든 꿈틀거림, 숨, 엎드린 몸의 움직임을 주시하며 무력하게 환자를 바라보고 있는 것도 그 못지않았다. 그들이 해줄 수 있는 위로의 행동에 의해 잠시 끊겼다 이어지는 사흘 동안의 기다림이 지난 뒤 퀸이

말을 했다. 산소마스크를 통해 들려오는 거칠고 알아들을 수 없는 꾹꾹거리는 목소리였다. 그러다 어느 날 저녁 늦게 산소마스크를 떼었고 퀸은 작은 소리로 물었다. "내가 괜찮아지는 거냐?"

부커는 웃음을 지었다.

"물을 필요 없죠. 물어볼 필요도 없어요." 그는 몸을 기울여 그녀의 코에 키스했다.

퀸은 마른 입술을 핥더니 다시 눈을 감고 코를 골기 시작했다.

브라이드가 교대하러 돌아오자 그는 그녀에게 어떤 일이 있었는지 이야기했고, 두 사람은 병원 카페테리아에서 함께 아침을 먹는 것으로 축하했다. 브라이드는 시리얼을, 부커는 오렌지주스를 주문했다.

"네 일은 어떻게 됐어?" 부커가 두 눈썹을 치켰다.

"어떻게 됐냐니?"

"그냥 묻는 거야, 브라이드. 아침식사 대화일 뿐이야, 알았지?"

"내 일에 대해선 모르겠고 관심도 없어. 다른 일자리를 얻을 거야."

"아, 그래?"

"그래. 너는? 영원히 벌목을 할 거야?"

"어쩌면. 어쩌면 아닐 수도 있고. 벌목꾼은 숲을 하나 파괴시키고 나면 다른 데로 옮겨."

"어쨌든. 내 걱정은 하지 마."

"하지만 걱정이 되는걸."

"언제부터?"

"네가 내 머리에 대고 맥주병을 부순 뒤부터."

"미안해."

"그래야지. 나도 미안."

그들은 깔깔거렸다.

퀸의 병상에서 멀리 떨어져 있게 되자, 그녀의 경과에 안심을 하면서 꽤 느긋한 분위기에 젖어들자, 그들은 오래된 커플처럼 농담을 주고받으며 즐거워했다.

갑자기, 뭔가 잊고 있었던 것처럼, 부커가 손가락을 튀겼다. 그러더니 셔츠 호주머니에 손을 넣어 퀸의 금 귀걸이를 꺼냈다. 퀸의 머리에 붕대를 감을 때 뺀 것이었다. 지금까지 비닐봉투에 든 채 퀸의 침대 옆 탁자 서랍에 들어가 있었다.

"받아." 그가 말했다. "퀸이 귀하게 여기는 건데 회복되는 동안 네가 걸고 있기를 바라실 거야."

브라이드는 귓볼을 만지작거리다 작은 구멍들이 돌아온 것을 느끼고 눈물을 글썽이며 싱글거렸다.

"내가 해줄게." 부커가 말했다. 그는 조심스럽게 귀걸이의 와이어를 브라이드의 귓볼에 집어넣으며 말했다. "불이 났을 때 퀸

228

이 이걸 끼고 있어서 다행이야. 집에 있던 다른 건 하나도 남은 게 없거든. 편지도, 주소록도, 아무것도. 다 타버렸어. 그래서 우리 어머니에게 전화해서 퀸의 애들한테 연락 좀 해달라고 했어."

"네 어머니는 연락이 닿는대?" 브라이드가 황금 원반의 느낌을 더 음미하기 위해 머리를 부드럽게 흔들며 말했다. 모든 게 돌아오고 있었다. 거의 모든 게. 거의.

"몇 명은." 부커가 대답했다. "텍사스에 있는 딸, 의대생. 그애는 쉽게 찾을 수 있을 거야."

브라이드는 오트밀을 저어 한입 맛본 뒤 차갑다는 것을 알았다. "퀸 말로는 한 명도 만나지는 못하지만 애들이 돈은 부친다고 하던데."

"다들 이런저런 이유로 퀸을 미워해. 퀸이 다른 남자와 결혼하려고 그 아이들 가운데 몇을 버렸다는 건 나도 알아. 다른 남자가 한둘이 아니었지. 그럴 때 아이들을 데려가지 않았거나 데려가지 못했어. 아이 아버지들이 그렇게 못하게 했지."

"그래도 퀸은 아이들을 사랑하는 것 같아." 브라이드가 말했다. "집에 온통 아이들 사진이었어."

"그래, 뭐 형을 죽인 씨발놈도 그 좆같은 소굴에 피해자들 사진을 잔뜩 붙여놨었지."

"그거하곤 달라, 부커."

"달라?" 그는 창밖을 내다보았다.

"달라. 퀸은 자기 자식들을 사랑해."

"자식들은 그렇게 생각하지 않아."

"아, 그만해." 브라이드가 말했다. "누가 누구를 사랑하느니 마느니 하는 멍청한 말다툼은 이제 그만." 그녀는 시리얼 그릇을 탁자 중앙으로 밀더니 부커의 오렌지주스를 한 모금 마셨다. "알았지, 이 지겨운 놈아. 돌아가서 퀸이 어떤지나 보자."

퀸의 병상 양옆에 선 그들은 그녀가 크고 분명하게 말하는 것을 듣고 무척 기분이 좋았다.

"해나? 해나?" 퀸은 브라이드를 물끄러미 바라보며 가쁘게 숨을 쉬고 있었다. "이리 오렴, 베이비. 해나?"

"해나가 누구야?" 브라이드가 물었다.

"딸. 의대생."

"내가 딸이라고 생각하시는구나? 이런. 약. 병원에서 준 약 때문인 것 같아. 그것 때문에 혼란에 빠진 거야."

"아니면 집중을 하게 해준 걸지도." 부커가 말했다. 그가 목소리를 낮추었다. "해나하고는 일이 있었어. 집안의 소문에 의하면 아이가 아버지 때문에 하소연을 했는데 퀸이 무시했거나 내쳐버렸다는 거야―아시아인 아버지였던 것 같은데, 아니 텍사스인이었나. 나도 모르겠다. 어쨌든 해나는 아버지가 자기를 만진다

고 했는데 퀸은 믿지 않으려고 한 거야. 둘 사이에 생겨난 얼음은 절대 녹지를 않아."

"그게 지금도 마음에 걸리는구나."

"마음보다 깊은 곳에 걸려 있지." 부커는 퀸의 침대 발치 근처에 있는 의자에 앉아 그녀가 집요하게 해나를 부르는 소리—이제는 소곤거림으로 잦아들었다—에 귀를 기울였다. "지금 생각해보니, 왜 퀸이 나더러 애덤한테 달라붙으라고 했는지, 애덤과 계속 가깝게 있으라고 했는지 이해가 돼."

"하지만 해나는 죽은 게 아니잖아."

"어떤 면에서는 죽은 거지, 적어도 자기 어머니한테는. 퀸이 벽에 붙여놓은 사진들 봤잖아. 벽을 다 차지하고 있어. 그건 출석부 같은 거야. 하지만 대부분은 해나 사진이야—아기 때, 십대 때, 고등학교 졸업할 때, 무슨 상을 탈 때. 화랑보다는 기념관에 가깝지."

브라이드는 부커의 의자 뒤로 가 그의 어깨를 마사지하기 시작했다. "나는 그게 퀸의 자식들 전체인 줄 알았어." 그녀가 말했다.

"그래, 일부는 그렇지. 하지만 해나가 지배하고 있지." 그가 머리를 브라이드의 배에 기대자 있는 줄도 몰랐던 긴장이 스르르 풀렸다.

며칠간 응원을 받으며 회복 기간을 거쳤음에도 퀸은 여전히 혼란 상태에서 벗어나지 못했다. 그래도 말을 하고 먹을 수는 있었다. 그녀의 말은 이해하기 힘들었다. 지리―그녀가 살았던 장소들―와 해나에게 들려주는 일화로 이루어진 것 같았기 때문이다.

브라이드와 부커는 의사의 평가를 듣고 기뻤다. "훨씬 좋아졌네요. 훨씬." 그들은 긴장을 풀고 퀸이 퇴원하면 무엇을 할지 계획을 짜기 시작했다. 셋이 모두 함께 있을 수 있는 곳을 구할까? 커다란 이동주택? 꼼꼼하게 따져보지는 않았지만, 어쨌든 그들은 퀸이 스스로 알아서 할 수 있을 때까지는 셋이 함께 사는 걸로 가정하고 있었다.

그러나 서서히, 눈앞의 미래를 그리던 그들의 밝은 계획은 서서히 어두워졌다. 스크린에 나타나는 카니발 색깔의 선들이 구불거리며 아래로 내려갔고, 그렇게 미끄럼을 타다가 비상벨의 음악 소리로 연결되었다. 퀸의 혈구 수치가 떨어지고 체온이 올라가자 부커와 브라이드는 숨이 가빠왔다. 그녀의 집을 파괴했던 불길만큼이나 음흉하고 사악하고 무서운 병원 감염 바이러스가 환자를 공격하고 있었다. 퀸은 잠깐 몸부림을 치다가 두 팔을 높이 들어올리고 손가락을 구부려 그녀만 볼 수 있는 사다리 발판을 잡으며 위로 위로 올라갔다. 그러다 모든 게 멈추었다.

열두 시간 뒤 퀸은 죽었다. 한쪽 눈을 여전히 뜨고 있었기 때문에 브라이드는 그 사실을 의심했다. 그 눈을 감겨준 사람은 부커였고, 그러고 나서 자기 눈도 감았다.

퀸의 유골이 준비되기를 기다리는 사흘 동안 그들은 유골함 선택을 놓고 말다툼을 했다. 브라이드는 황동으로 만든 우아한 것을 원했다. 부커는 땅에 묻히면 시간이 지난 뒤 토양을 비옥하게 해줄 수 있는 친환경적인 것을 더 좋아했다. 그러나 반경 35마일 이내엔 묘지가 없고, 또 트레일러 주택단지에는 매장을 할 만한 적당한 곳도 없다는 것을 알게 되자 판지 상자에 담아두었다가 흐르는 물에 뿌리기로 했다. 부커는 혼자 그 의식을 거행할 테니 브라이드는 차에서 기다리고 있으라고 고집을 부렸다. 그녀가 조심스럽게, 불안하게 지켜보는 동안 그는 유골이 든 상자를 오른쪽 겨드랑이에 끼고 강 쪽으로 걸어갔다. 왼쪽 손가락에는 트럼펫이 대롱거리고 있었다. 지난 며칠, 브라이드는 생각했다. 앞으로 뭘 할지 궁리하는 동안은 서로 마음이 잘 맞았어. 둘 다 사랑하는 제삼자에게 관심이 집중되어 있었으니까. 이제는 어떻게 될까, 그녀는 궁금했다. 다시 둘만 남게 될 때 또는 둘만 남게 된다면? 그녀는 그가 없는 것은 싫었다. 절대. 하지만 꼭 그래야만

한다면 그것도 괜찮을 거라고 확신했다. 미래? 그것은 그녀가 알아서 할 것이었다.

진심에서 우러나온 것이기는 했지만, 부커가 사랑하는 퀸을 기리는 의식은 어색했다. 유골은 덩어리로 뭉쳐 있었고 뿌리기 힘들었으며, 그가 음악으로 바치는 헌사, 〈Kind of Blue〉는 음정이 맞지 않고 감정도 밋밋했다. 그는 불다 말고, 애덤의 죽음 뒤로는 느껴본 적 없는 슬픈 마음으로, 마치 자신이 트럼펫을 실망시킨 것이 아니라 트럼펫이 자신을 실망시키기라도 한 것처럼 잿빛 물에 트럼펫을 던졌다. 나팔이 잠시 둥둥 떠가다가 풀에 내려앉는 것을 지켜보면서 그는 이마를 손바닥에 올렸다. 그의 생각은 황량했고 뼈만 남아 있었다. 퀸이 죽을 것이라는, 심지어 죽을 수 있다는 생각조차 해본 적이 없었다. 그녀의 발을 보살피고 숨소리에 귀를 기울이는 대부분의 시간 동안 그는 자기 자신의 불안에 관해 생각하고 있었다. 자신이 사모하던 고모를 돌보느라 그의 삶이 얼마나 분열되었는지, 그런데 고모는 자신의 부주의 때문에 죽었다—도대체 요즘 침대 스프링을 태우는 사람이 어디 있는가? 또 한때 즐거웠던 여자가 갑자기 돌아오는 바람에 그의 곤경이 얼마나 심각해졌는지, 그녀는 일차원에서 삼차원으로 바뀌었다—따지고, 알려 하고, 과감했다. 또 무엇 때문에 자신이 고모의 유해를 제대로 대접할 수 있는 재능 있는 트럼펫

연주자라고, 음악이 자신의 추억의 언어, 찬양의 언어가 될 수 있다고, 혹은 상실을 대체해줄 수 있다고 생각했을까? 유년의 상처 때문에 얼마나 오래 삶의 격랑과 파도로부터 멀리 떨어진 곳에 처박혀 있었던가? 눈이 뜨거워졌지만 울지 못했다.

드물게 부는 반가운 바람을 만난 퀸의 유해는 물살을 따라 멀리 더 멀리 떠내려갔다. 너무 찌무룩하여 햇빛을 내보내겠다는 약속을 지키지 못한 하늘은 대신 뜨거운 습기를 내보냈다. 부커는 깊은 후회와 더불어 견딜 수 없는 외로움을 느끼며 몸을 일으켜 재규어에 있는 브라이드에게로 갔다.

차 안의 고요는 짙고 사나웠다. 아마 눈물이 없고 중요한 이야기도 없기 때문이었을 것이다. 한 가지, 딱 한 가지만 빼고.

브라이드는 숨을 깊이 들이쉬더니 죽음 같은 정적을 깼다. 지금 아니면 다시는 기회가 없어, 그녀는 생각했다.

"나 임신했어." 그녀는 맑고 차분한 목소리로 말했다. 그녀는 정면을, 차량이 많이 다닌 흔적이 있는, 자갈이 깔린 흙길을 바라보았다.

"뭐라고 했어?" 부커의 목소리가 갈라졌다.

"들었잖아. 임신했고 네 아기야."

부커는 오랫동안 그녀를 바라보다가 고개를 돌려 아직 퀸의 유해는 드문드문 떠 있지만 트럼펫은 사라진 강 쪽을 보았다. 하나는 불로, 하나는 물로, 강렬히 사랑했던 것 가운데 둘이 그렇게 사라졌다. 그는 생각했다. 세번째를 잃을 수는 없었다. 희미하게 미소를 드러내며 그가 고개를 돌려 다시 브라이드를 보았다.

"아니," 그가 말했다. "우리 아기야."

그러더니 그는 그녀가 평생 갈망하던 손, 거짓말을 해야만 얻을 자격이 생기는 손과는 다른 손, 신뢰와 돌봄의 손—어떤 사람들은 이 조합을 자연스러운 사랑이라고 부르지만—을 내밀었다. 브라이드는 부커의 손바닥을 쓰다듬다가 그와 손깍지를 꼈다. 그들은 키스했다, 가볍게. 그리고 머리받침에 머리를 기대 등뼈가 의자의 부드러운 소가죽 속으로 파묻히는 느낌을 즐겼다. 둘은 앞유리 너머를 내다보며, 각자 틀림없다고 자신하는 미래의 모습을 상상하기 시작했다.

낚싯대를 든 아이가 홀로 배회하다 옆을 지나며 먼지 낀 회색 차 안의 어른들을 흘끔거리는 일은 없었다. 하지만 있었다면, 그 아이는 이 커플의 얼굴에 뚜렷이 나타난 웃음을 보았을 것이고, 그들의 눈이 완전히 꿈속에 잠겼음을 알았겠지만, 무엇 때문에 그들이 그렇게 행복으로 빛나는지는 조금도 관심이 없었을 것이다.

아이. 새로운 삶. 악이나 병에 면역이 된. 납치, 구타, 강간, 인종차별, 모욕, 상처, 자기혐오, 방기로부터 보호받는. 오류가 없는. 오직 선善뿐인. 노여움은 빠진.

그렇게 그들은 믿는다.

스위트니스

나는 도시 바깥의 그 크고 비싼 양로원들보다 이곳—윈스턴 하우스—이 더 좋아. 이곳은 작고, 아늑하고, 비용은 덜 들고, 스물네 시간 간호사들이 대기하고 의사는 일주일에 두 번 와. 나는 이제 겨우 예순셋이지만—초원을 즐기기에는 너무 젊지—어떤 무시무시한 뼈 질환에 걸렸기 때문에 잘 보살펴주는 게 아주 중요해. 무기력이나 통증보다 지루한 게 더 힘들지만, 간호사들은 착해. 한 간호사는 내가 곧 할머니가 될 거라고 하자 축하해주기 전에 먼저 뺨에 뽀뽀까지 쪽 해줬어. 그 아가씨의 미소와 축하의 말은 곧 왕관을 쓸 사람한테나 어울릴 만한 거였지.

나는 그 아가씨한테 파란 종이에 쓴 편지를 보여줬어. 룰라 앤한테서 온 편지를—뭐, 그 아이는 '브라이드'라고 서명을 했지

만, 난 그런 건 전혀 관심이 없어. 아이는 정말 들뜬 것 같았어. "알아맞춰보세요, S*. 이런 소식을 전하게 되다니 정말 정말 행복해요. 저 아기 낳게 될 거예요. 저는 너무 너무 흥분했고 어머니도 그러기를 바라요." 아마 그렇게 흥분하는 건 아기 때문이겠지, 아기 아빠 때문이 아니라. 아기 아빠 얘기는 한마디도 없으니까. 아기 아빠도 그애처럼 검은지 궁금해. 그렇다면 룰라 앤은 나와는 달리 걱정할 필요가 없지. 세상도 내가 젊었을 때하고는 약간 달라졌지만. 검푸른색 피부가 텔레비전에, 패션잡지에, 광고에 잔뜩 나오고, 심지어 영화에서 주연을 하기도 하니까.

봉투에 저쪽 주소는 없어. 그러니까 나는 지금도, 선한 의도로, 사실은 불가피한 방법으로 그 아이를 기른 죄로 죽는 날까지 끝도 없이 벌을 받아야 하는 나쁜 부모인 게지. 나도 그 아이가 나를 미워하는 걸 알아. 아이는 기회가 오자마자 그 끔찍한 아파트에 나를 혼자 남겨두고 떠났어. 가능한 한 멀리 떠나버렸지. 한껏 차려입고 캘리포니아에서 무슨 큰 일자리를 얻었더라고. 마지막으로 봤을 때는 어찌나 좋아 보이던지, 아이 색깔도 잊었어. 지금도 우리 관계는 아이가 나한테 돈을 보내는 정도로 내려가 있지. 다른 몇몇 환자들처럼 추가 비용을 구걸할 필요가 없으

---

* 스위트니스의 머리글자.

니 그 돈에 감사한다고 말할 수밖에. 솔리테어*를 할 새 카드를 한 벌 갖고 싶으면 그냥 하나 사면 돼. 라운지에 있는 더럽고 낡은 걸로 할 필요가 없는 거야. 또 특별한 얼굴 크림도 살 수 있어. 그렇다고 내가 속는 건 아니야. 아이가 보내는 돈은 멀리 떨어져 사는 관계를 유지하면서 아이한테 남은 얼마 안 되는 양심 조각을 진정시키는 방법이지.

혹시 내가 짜증을 내는 것처럼, 배은망덕한 것처럼 들린다면 그건 그 밑바닥에 후회가 깔려 있기 때문이기도 해. 내가 하지 않았거나 잘못한 그 모든 작은 일들. 아이가 처음 생리를 했을 때 내가 어떻게 반응했는지 기억해. 아이가 걸려 넘어지거나 뭘 떨어뜨렸을 때 소리를 지른 일이 많았다는 것도. 집주인 이야기를 떠벌리지 말라고 아이한테 소리를 질렀던 것도—그 개자식. 정말이야. 나는 아이가 태어났을 때 그 검은 피부에 정말로 당황했고, 심지어 역겨워서 처음에 내가 한 생각은…… 아니야. 그 기억은 밀어둬야만 해—빨리. 소용없는 얘기야. 나는 그런 상황에서 아이에게 최선을 다했다는 걸 알아. 남편이 우리만 두고 달아났을 때, 룰라 앤은 짐이었어. 무거운 짐이었지만 난 잘 감당했고.

---

* 혼자 하는 카드 게임.

그래, 난 아이한테 지독하게 굴었어. 정말 그랬지. 아이가 그 선생들 재판으로 모든 관심을 받고 난 뒤에는 다루기가 힘들어지더라고. 열두 살에서 열세 살이 되어갈 무렵에는 내가 더 지독해져야 했지. 말대꾸를 하고, 내가 만든 음식을 먹지 않으려 하고, 머리카락으로 멋을 냈거든. 머리를 땋아주면 학교에 가서 다 풀어버리는 거야. 난 아이가 나빠지도록 놔둘 수 없었어. 그래서 단단히 혼내기로 하고 아이가 듣게 될 욕을 미리 알려줬지. 그래도 내 교육이 어느 정도는 아이한테 전해졌을 거야. 아이가 지금 어떻게 됐는지 보이지? 부유한 직장 여성이야. 그보다 나은 게 어딨어?

이제 아이는 임신을 했어. 잘한 거야, 룰라 앤. 혹시 어머니가 된다는 게 그저 옹알이를 흉내내고, 선물이나 주고, 기저귀나 갈아주는 거라고 생각하면 큰 충격을 받게 될걸. 아주 큰. 너하고 네 이름 없는 남자친구, 남편, 마음대로 해—뭐가 됐든—상상해봐 우우우! 아기라니! 키치 키치 쿠!

내 말 잘 들어. 넌 곧 뭐가 필요한지, 세상이 어떤지, 세상이 어떻게 돌아가고 네가 부모가 되면 그게 어떻게 바뀌는지 알게 될 거야.

행운을 빌어. 하느님 이 아이를 도우소서.

　『하느님 이 아이를 도우소서』는 토니 모리슨이 2015년에 발표한 『God Help the Child』를 우리말로 옮긴 것으로, 시간이 조금 지나기는 했지만 아직까지는 그녀의 최신작이라 할 수 있다. 그녀의 열렬한 팬이라면 이 작품 이후 새로운 작품이 더 나오지 않는 것에 조바심을 낼 만도 하지만, 1931년에 태어나 이제 아흔을 바라보는 모리슨의 나이를 염두에 둔다면 조금 느긋한 마음으로 기다려주는 것도 괜찮지 않을까 하는 생각이 든다. 돌이켜보면 1970년, 마흔을 목전에 두고 『가장 푸른 눈』으로 데뷔한 모리슨이 노벨상을 탄 것이 1993년, 그녀가 예순을 조금 넘겼을 때였으니, 이미 이십오 년 전의 일이다. 우리에게 토니 모리슨이라는 이름을 널리 알려준 노벨상은 그녀의 작가 인생에서 중간쯤

에 자리잡고 있는 셈이다.

　물론 이렇게 말한다고 해서 전성기가 지난 노작가이니 좀 접어주고 들어가자는 뜻이 아님은 두말할 필요가 없다. 오히려 이런저런 상이 작가의 대중적 명성에는 영향을 줄지언정 실제 작가 인생에는 큰 영향을 줄 리 없다는 이야기를 하고 싶은 쪽인데, 만일 반대로 이야기한다면 작가 자신이 가장 불쾌할지도 모르겠다. 그것은 아흔을 바라보는 노작가가 최신작의 주인공을 젊은 여성으로 내세운 점만 봐도 짐작할 수 있을 듯하다. 작가가 가장 잘 알 수 있는 자기 세대의 이야기를 다루는 것이 아니라 자신의 나이의 삼분의 일쯤 되어 보이는 인물의 삶을 다룬다는 것이 이 작가에게도 만만치 않은 도전이었을 것이기 때문이다.

　물론 그렇게 도전했다 해도, 자신이 늙지 않았음을 보여주려고 무리하게 욕심을 부린 일이라는 평을 얻을 수도 있고, 아니면 충분히 도전할 만한 가치가 있는 일이었다는 평을 얻을 수도 있는 일인데, 과연 독자들은 어느 쪽으로 기울지 궁금하다. 옮긴이 자신은, 그 연세에 도전한 것만으로도 훌륭했다, 하는 평가로는 부족하다고 보는 쪽이다. 이런 도전에는 그럴 만한 이유가 있고, 또 그 이면에는 중요한, 또 가장 좋은 의미의 야심이 자리잡고 있는 듯하기 때문이다. 그것은 자신이 그동안 천착해온 아프리카계 미국인의 정체성 문제가 미래를 담당해나갈 세대에게는

어떻게 새롭게 제기되고 있는지, 또 앞으로 어떻게 해결되어나가야 하는지 살펴보는 것을 새로운 소설적 과제로 떠안고자 하는 야심이다.

모리슨이 작가 생활을 해온 오십 년 가까운 세월 동안 그녀가 속한 집단의 정체성 문제는 큰 변화를 겪었는데, 그것은 이 소설에서 '검다'는 것이 가지는 가치의 변화에서 단적으로 드러난다. 브라이드의 어머니는 딸이 검다는 이유로 딸을 버릴 생각까지 했으나, 브라이드 자신은 오히려 검음이 아름답다는 명제를 받아들이는 법을 배울 뿐 아니라 검음으로 다른 사람들의 인정도 받는다. 게다가 그런 자신감을 바탕으로, 자신의 삶을 꾸려가는 일에서도 이전 세대는 상상도 못했을 만큼 당당한 모습을 보여준다. 거의 가치의 역전이라고 할 만한 변화이고(심지어 이 소설에서 브라이드는 백인에게 피해를 준 가해자이기도 하다), 브라이드 모녀 관계가 보여주듯 이전 세대와의 단절을 초래할 정도의 변화다.

이런 변화가 현재 젊은 세대의 아프리카계 미국인 전체에게 해당하는 것일까? 그것은 아닐 것이다. 그럼에도 그 변화의 첨단에 선 젊은 여자를 주인공으로 내세운 것은 모리슨으로서는 현실의 변화에 민감하게 반응하는 것인 동시에, 과연 이전 세대들이 그렇게 바라 마지않던 변화가 이루어진다 해도 그것이 과연

희망의 실현인가 하는 더 심각한 문제를 제기하기 위한 기회를 얻는 것이기도 하다. 브라이드가 검음을 긍정하고 그것을 무기로 내세우며 자신의 삶에 당당하게 나서는 모습은 예전의 소설들 같으면 결말에 해당할 것이나, 모리슨의 이 소설에서는 시작에 불과하다.

실제로 브라이드는 자신의 어머니 세대로부터 물려받은 '역사적' 상처를 해소할 과제를 떠안고 있는 동시에, 퀸이 상징하는 자신의 집단의 긍정적 가치를 이어가야 하고, 나아가 검음이 인정받는 것만으로는 해소되지 않는 깊은 굶주림을 채워나가야 한다. 즉 집단 정체성 문제를 넘어서는 과제로 시야를 넓히고 그 과제도 감당해나가야 한다. 모리슨으로서는 그야말로, 신에게 이 아이를 도와달라고 빌고 싶은 마음일 것이다.

그럼에도 모리슨은, 나아지고 달라진 현실을 받아들인다 해도 현재의 과제 또한 그 나름으로 지난하다는 것, 하지만 그 또한 해결하면서 다음 단계로 나아갈 수 있다는 것을 누구보다 잘 알고 있는 듯하다. 이런 깊은 이해, 그리고 그런 이해에서만 나올 수 있는 따사로운 눈길로 모리슨은 자신의 집단의 미래 세대를 바라보고 있는 듯하다. 그 눈길이 그렇게 따사로운 것은, 자신에게 남은 날이 얼마 되지 않는다는 것을 알면서도 뒤를 돌아보기보다는 앞을 내다보는 작가가 예언자적 높이에 올라서서 미래의

아이들을 향해 보내는 축복이 담겨 있기 때문일 것이다.

정영목

지은이 **토니 모리슨**

1970년 첫 작품인 『가장 푸른 눈』을 발표했다. 이어 『술라』 『솔로몬의 노래』 등을 발표하며 대중과 평단을 모두 사로잡았다. 1987년 출간한 『빌러비드』로 퓰리처상, 미국도서상 등을 수상했고, 1993년 흑인 여성 작가 최초로 노벨문학상을 수상했다. 2019년 8월, 88세를 일기로 세상을 떠났다.

옮긴이 **정영목**

서울대학교 영문학과를 졸업하고 동 대학원을 졸업했다. 전문번역가로 활동하며 현재 이화여대 통역번역대학원 교수로 재직중이다. 옮긴 책으로 『로드』 『선셋 리미티드』 『책도둑』 『미국의 목가』 『에브리맨』 『울분』 『포트노이의 불평』 『굿바이, 콜럼버스』 『네메시스』 『죽어가는 짐승』 『달려라, 토끼』 『제5도살장』 등이 있다. 『로드』로 제3회 유영번역상을, 『유럽 문화사』로 제53회 한국출판문화상(번역 부문)을 수상했다.

문학동네 세계문학
하느님 이 아이를 도우소서

1판 1쇄 2018년 3월 26일 | 1판 2쇄 2021년 8월 6일

지은이 토니 모리슨 | 옮긴이 정영목
책임편집 이봄이랑 | 편집 이현자 홍유진 이희연
디자인 김현우 이원경 | 저작권 김지영 이영은
마케팅 정민호 정진아 김혜연 정유선 | 홍보 김희숙 함유지 김현지 이소정 이미희 박지원
제작 강신은 김동욱 임현식 | 제작처 한영문화사

펴낸곳 (주)문학동네 | 펴낸이 염현숙
출판등록 1993년 10월 22일 제406-2003-000045호
주소 10881 경기도 파주시 회동길 210
전자우편 editor@munhak.com | 대표전화 031) 955-8888 | 팩스 031) 955-8855
문의전화 031) 955-8896(마케팅) 031) 955-1929(편집)
문학동네카페 http://cafe.naver.com/mhdn | 트위터 @munhakdongne

ISBN 978-89-546-5046-5 03840

www.munhak.com

차례

어린아이들이 내게 오는 것을 용납하고
금하지 말라

「누가복음」 18:16

너에게

God Help the Child

토니 모리슨 장편소설

정영목 옮김

문학동네

GOD HELP THE CHILD
by Toni Morrison

Copyright ⓒ Toni Morrison, 2015
Korean Translation Copyright ⓒ MUNHAKDONGNE Publishing Corp., 2018

This Korean edition is published by arrangement with ICM Partners, New York, N. Y.
through EYA(Eric Yang Agency), Seoul.
All Rights Reserved.

이 책의 한국어판 저작권은 EYA(Eric Yang Agency)를 통해
ICM Partners 사와 독점 계약한 (주)문학동네에 있습니다.
저작권법에 의해 한국 내에서 보호를 받는 저작물이므로
무단 전재 및 무단 복제를 금합니다.

이 도서의 국립중앙도서관 출판예정도서목록(CIP)은
서지정보유통지원시스템 홈페이지(http://seoji.nl.go.kr)와
국가자료종합목록 구축시스템(http://kolis-net.nl.go.kr)에서 이용하실 수 있습니다.
(CIP제어번호: CIP2018005772)

하느님
이 아이를
도우소서